上海市重点图书
上海高校服务国家重大战略出版工程资助出版

独创性视角下的文学影视经典丛书

穿越文化观念的
文学经典

吴　炫　著

上海大学出版社

图书在版编目(CIP)数据

穿越文化观念的文学经典/吴炫著. —上海:上海大学出版社,2017.12(2019.8重印)(独创性视角下的文学影视经典丛书)
ISBN 978-7-5671-2860-6

Ⅰ.①穿… Ⅱ.①吴… Ⅲ.①中国文学-文学研究 Ⅳ.①I206

中国版本图书馆 CIP 数据核字(2018)第 005784 号

编辑/策划　徐雁华　江振新
封面设计　柯国富
技术编辑　金　鑫　钱宇坤

穿越文化观念的文学经典

吴　炫　著

上海大学出版社出版发行
(上海市上大路 99 号　邮政编码 200444)
(http://www.press.shu.edu.cn　发行热线 021-66135112)
出版人　戴骏豪

*

南京展望文化发展有限公司排版
江苏凤凰数码印务有限公司印刷　各地新华书店经销
开本 890mm×1240mm　1/32　印张 9.25　字数 210 千
2018 年 3 月第 1 版　2019 年 8 月第 2 次印刷
ISBN 978-7-5671-2860-6/I·478　定价 48.00 元

穿越文化观念的文学经典

目录
contents

引言　文学穿越观念现实 / 001
文与道：百年中国文论的流变及问题 / 002
为何是"文以穿道"？/ 009
穿道之初：突破现有文化观念后个体化意蕴的敞开 / 015
穿道之后：建立作品文化表象后的个体化理解 / 021
穿道张力为什么会消解观念？/ 027
穿越观念现实的文学意义 / 036

第一讲　为什么要从独创性看文学经典 / 041
我们如何让世界尊敬？/ 042
幸福靠什么？/ 046
精神家园与独创性 / 053

第二讲　文学性的差异：以顾城、莫言为例 / 057
顾城迷惘的原因在哪里？/ 058
莫言、金庸怎样理解中国人？/ 069

contents

第三讲　《挪威的森林》：村上春树如何理解个体价值？/ 073
爱情、亲情都不能考虑"得到" / 074
没有爱人、亲人和朋友，一个人靠什么快乐？/ 081
渡边为什么始终是孤独的？/ 087

第四讲　《窗边的小豆豆》：生命可以这样教育 / 091
生命：如何敞开与规范？/ 092
生命敞开后是怎样的？/ 097
生命是怎样成长的？/ 101

第五讲　《荷塘月色》《边城》美在哪里？/ 107
美是什么 / 108
《荷塘月色》中的"荷塘"美吗？/ 111
翠翠是否要对自己的爱情悲剧负责？/ 115

第六讲　《狂人日记》《伤逝》：文学如何审视西方人道主义？/ 121
《狂人日记》究竟批判了什么？/ 122
子君与涓生有"爱情"吗？/ 127
"娜拉走后怎么办"为什么是鲁迅的独特问题？/ 132

目录

第七讲 《金锁记》：文学如何理解和表现中国人的善与恶？/ 137
如何理解善与恶？/ 138
恶来自"唯有金钱可以抓住"的文化 / 141
张爱玲对传统文化和西方启蒙文化的同时穿越 / 147

第八讲 《红楼梦》补了什么天？/ 153
《红楼梦》是什么样的小说？/ 154
《红楼梦》弥补了怎样的缺陷？/ 156
如何理解宝玉的不专一？/ 161

第九讲 猪八戒为什么是真正的主人公？/ 165
孙悟空吃蟠桃和猪八戒吃西瓜 / 166
孙悟空和猪八戒谁是英雄？/ 169
西天取经的依附性和猪八戒的批判性 / 172

第十讲 《水浒传》的表层内容和深层意味 / 177
对《水浒传》一些问题的探讨 / 178
武松血溅鸳鸯楼的问题在哪里？/ 183
怎样理解《水浒传》的表层内容和深层意味？/ 187

contents

**第十一讲 《金瓶梅》：中国人健康的欲望应该是
怎样的？** / 193

《金瓶梅》不是色情和训诫小说 / 194

虚伪文化和享乐文化的双重批判 / 198

《金瓶梅》的独特问题我们应该怎样解答？ / 203

第十二讲 唐诗宋词：如何辨析好作品的价值差异？ / 207

《泊秦淮》的单一与《枫桥夜泊》的丰富 / 208

李清照的寂寞与陈子昂的孤独 / 215

为什么苏轼作品的文学价值最高？ / 219

关于类型化作品 / 228

第十三讲 苏轼穿越现实的实践 / 231

不在意政治权力 / 232

最难在于"去欲" / 238

儒、释、道概括不了 / 245

第十四讲 《史记》：中国最早的人道主义作品 / 253

为了一家之言的司马迁 / 254

从"一视同仁"到"一视同人" / 260

目录

关于《货殖列传》/ 264
谁是真正的英雄？/ 267

第十五讲　《离骚》：如何理解屈原的圣性追求 / 271
如何看待"先王美政"？/ 272
怎样理解屈原的自杀？/ 278
荷花出淤泥：虽有染而不变其质 / 283

后记 / 286

引言
文学穿越观念现实

文与道：百年中国文论的流变及问题

中国文学和文艺理论的现代化究竟意味着什么，是缠绕中国学者和作家一个多世纪的重要话题。这个话题迄今尚未过时的原因在于：20世纪中国文艺理论家建构的各种文艺理论，我认为均没有在观念和理论上解决中国文学如何既保持中国文化的"整体性""通透性"特质，又区别"文以载道"工具性生存的问题。因为要具备中国文化特性，就需要区别于西方以"二元对立"思维为前提的关于文学的理解方式，其核心在于谈文学本体和文学独立的时候，决不能从诸如对立于社会现实内容的"艺术即形式""纯文学""自律论"入手，也不能从法兰克福学派的"对抗理性现实"的"批判美学"入手，因为前者很容易用对象化思维将"文学性"视为一种"有确定文学边界"的存在，从而破坏中国文化所讲的整体性，后者容易导致文学与文化、文学与政治、文学与社会、文学与大众的"对立""对抗"状态,从而违背中国人文所讲的人与世界的亲和性。此外,我们又要警惕这种"整体性"思维使得我们不自觉地将"儒家仁爱之道"转换为"西方文化之道",却不去改变顺从、服务文化和时代之道的工具化性质,尤其需要警惕选择、认同一种"道",并且只是对这种"道"进行个性化的、与时俱进的阐释,造成"低程度文学创新"的状况。我们要开启"文学的高程度创新"之新途径,并把"高程度"和"低程度"的关系纳入"中国式当代文学观"建设的思考中。

在中国文论史上,"文"主要是作为文化经典之"道"的延伸物来看待的。刘勰的《原道》《宗经》作为《文心雕龙》的纲领性内容,其"道沿圣以垂文,圣因文而明道"的道、圣、文的顺延与承接关系,不仅为后人提出"文以载道"的文学观奠定了基础,而且也产生了将文学的性质和功能看成是"本乎道,师乎圣,体乎经,酌乎纬,变乎骚"的文学服务文化的思维方式。中国晚近国力的衰落经过西方进化论的启发,中国知识分子认为中国文化是落后的,因为经济和制度在根本上是文化的产物——这个时候中国知识分子不大会去思考为什么中国文化曾经造就了盛唐时代——由文化落后的看法自然也引发了对儒家文化经典批判的实践。因为文学是文化的枝节,所以中国古典戏曲、律诗、文言文均被视为传统文化不适应现代文化的符号而遭到厌弃,从而开启了视西方文化经典为"新圣",视西方电影、小说、话剧为新文化的体现的历史时期。与此同时,严复的"历史进化论"经过胡适的"文学进化论"的阐发,最后形成今天中国古代文学、现代文学和当代文学的学科分类,这里隐含的"传统—现代"以及以西方文化发展为参照的进化思路,成为判断中国现代文学和文艺理论的总体价值坐标。这一坐标在解释中国文学"文变染乎世情"文学的与时俱进方面是有效的,中国现代文艺理论也由此走向了一条对世界开放的、与西方文论接轨的发展道路,其意义在于中国现代文论不再故步自封,而以世界和天下为单位思考自己的现代化问题。在这一总体价值取向的感召下,王国维的叔本华生命哲学、鲁迅之于厨川白村的"苦闷的象征"、周作人基于西方人道主义的"人的文学"以及当代钱谷融先生重新提出"文学是人学"、20世纪80年代前后的人道主义大讨论,都是其产物。

然而一个重要的文艺理论问题也被这样的文艺理论现代化遮蔽了:《文心雕龙》直接面对的文学问题即是儒家影响力在齐梁时代的衰弱而导致文坛"矫讹翻浅""楚艳汉侈"之文学创作问题,其目的在于"还宗经诰""正末归本",而中国现代文艺理论面对的同样是儒家文化衰落产生的一系列文化和文学问题。按理说中国现代文论本来可以乘西方文化的影响机缘,对《文心雕龙》的"宗经"思维做根本性的"批判与创造"的理论实践,然而周作人的"人的文学"由于急于将西方的人的观念在中国布道,这种布道看似是对儒家经典的批判和挑战,但由于"征圣"的思维方式并没有改变,结果,西方之道难以落实在中国文化的土壤中,中国文学还是回到中国文化对文学的规定中——文学为抗战服务、文学为阶级斗争服务、文学为改革服务等"载道"文学观重新出现就是很好的说明。本来,文学顺应文化现代化要求表现西方文化观念,对文学来说就像表现传统文化观念一样正常,但文学自身的问题却不能停留在顺应传统文化或西方文化之道上,而应该在"文"对"道"既顺应更突破中来思考中国文学何以独立的问题,如此才能真正与讲究生命力、创造力和反思力的现代性接轨。这个问题从另一方面去看也很简单,《红楼梦》的艺术魅力既不在于体现了儒、释、道等文化思想上,鲁迅《伤逝》的艺术魅力和启发性也不在于体现了对西方个性解放之道的遵从上,这说明优秀的文学是以突破文化之道,进而模糊文化之道为己任的。如果中国现代文学理论看到文学反对封建之道又依附西方文化之道的怪圈,将文学自身独特的、启示性的、丰富的"意蕴世界"看成与中西方文化之"道"是有突破性张力的,中国现代文艺理论就会注意到鲁迅的《伤逝》展现出的那种"表层内容赞同个性解放,深层内容质疑个性解放"的意蕴,从中提炼"文"与"道"的新的中国思路——鲁迅的"虚妄"既是对传统之道的突破也是对西方之道的突破,并且因此也可以发现《红楼梦》既尊重更突破儒家之道,既尊重更突破道家之道,从而才找到文学魅力的立身之本。遗憾的是,从周作人的"人的文学"、胡适的"文学进化论"等开始,一直到"反映论""审美反映论""形式论""生命论""解构论""反本质主义",中国现当代文学理论百年来在基本原理上均受制于西方文艺理论的思路与原理。如此,中国现代文论在解释中国近百年文学走向现代化,但经典作品既不能与古代"四大名著"媲美,也不能与20世纪西方文学经典媲美的问题上,就显得力不从心。这种力不从心当然就会影响到中国现代文艺理论的独创性和原创性品格。

应该说,从王国维引进康德的"主客体"思维探讨"有我之境"与"无我之境"开始,到中国现代文艺理论用"主体—客体""本质—现象""反映—被反映"的认识论思维讨论中国文学问题,一直到20世纪80年代的"主体论""方法论""本质论"和21世纪的"反本质主义"文学思潮,中国现代文论的发展基本受制于西方文论二元对立的认识论思维模式和话语的制约。这种制约的长处是:中国文艺理论工作者通过学习和训练西方文艺理论知识,一定程度上可以通过"本质论"的文学理解,突破传统文论工具性的"文以载道"文学观——尤其是20世纪80年代通过倡导"艺术即形式"的西方文学本体论、使用"纯文学"概念,对促进中国文学由王国维开始就追问的"超功利性"思考,是有积极意义的。尽管"艺术即形式"的新潮文论最后偃旗息鼓,但这对提醒中国文艺理论工作者要建立中国式的文学本体论,仍然是有意义的。特别是有学者依据马克思、黑格尔的意识形态理论提出"审美意识形态",通过强调文学的审美功能,一定程度上稀释了"文学为政治服务"这样机械僵化的文学观。正是在此意义上我认为,不管"意识形态""反映论""形式论"在多大程度上已出中国文化特性之左右,即便在知识论意义上中国当代文艺理论是参照西方理论来建构自己的,应该说这也是中国文论融入西方文论构成共同对话场域的前提。

但我想提醒的是:马克思主义理论即便在西方影响很大,到了现代也仍然要通过法兰克福学派对"劳动异化"问题的改造,马克思基本观念范畴的改造,各自提出的如"非同一性""感性生命""星丛"等才能对当代的"理性异化"问题产生影响。所以，中国当代文论工作者用"本质"和"反本质主义"来讨论文学理解问题，用"主体"和"客体"来讨论作家与世界的关系问题，用"纯文学"来讨论中国先锋文学，从而使中国现代文艺理论的中国文化特性——"生生"观念，"根与叶"之整体性、有机性、通透性——同样处在被遮蔽的状态，自然也就不可能提出具有中国文化特性的独特的文艺理论问题。

在哲学上这意味着，《易经》八卦图显示的阴阳渗透之整体性是中国文化的重要特性，这种特性使得中国文论对文学的理解从来就是非本质性的、非边界性的、非实体性的、非确定性的，一如张少康、刘三富所说的"主张言志、载道的偏向主理一派……主张缘情、抒写性灵的偏向主情一派"，即"情"与"理"的相互渗透、偏向程度的差异构成中国式文学理解的特点。王夫之的"曲写心灵"自然是针对"发乎情，止乎礼义"说教性诗歌风尚而提出的，然对"兴观群怨"的强调，说明王夫之依然没有将儒家之理作为对立面。因此，"缘情说"作为不同于"载道说"的主张，不是渗透了儒家的亲情等人伦之理，就是渗透了道家的自然情趣之理。在根本上，中国文论"情"与"理"的较量，实际上只是不同的"理"在较量——"人同此心，心同此理"说的也是"心"和"情、理"的密切关系。如果说"细雨鱼儿出，微风燕子斜"写的是道家美学的"恬淡"闲情而不是"真性情"，那么建安七子的"狂放"同样也不能理解为"真性情"，郭沫若的《天狗》抒发的就更带有西方现代生命美学制约下的生命激情。既然"情"与"理"无法真正分离，所以"载道"与"缘情"都不能确立文学与非文学的真正边界，更不能确立文学实体性的本质。如果五四以后的中国文艺理论工作者能意识到这个问题，中国现代文艺理论在"情"与"理"的关系上就应该提出这样的文学问题：既然"情"总是渗透了各种文化性的"理"，所以文学要依靠"情"来保持文学与文化的区别，便只能依靠作家个体化理解的"理"来规定"情"的独特品格。这正如贾宝玉的"真情"既不是"纯情"也不是"性爱之情"，而是很难被文化观念所概括的一种"特殊之情"，这样的"情"才是构成文学区别于各种现实文化观念之所在。如此，"独特理解的情"与"共同理解的情"才可能构成文学与文化关系的现代性问题，并由此完成对传统文论"情"与"理"之争的现代思维方式和提问方式的转向。以此类推，如果中国文化讲究"源"与"流"、"根"与"叶"之有机整体关系的意义被中国现代文艺理论所重视，中国现代文学的语言、文体、创作方法和技巧作为"叶"应该派生于怎样的"根"与"道"的问题，就会同样作为一个重大的文艺理论问题被提出。用"西方之器盛中国传统之道"或用"中国传统之器盛西方之道"的中国现代文学创作问题就可以有效地被纠正。如果我们意识到白话小说的语言问题根本上是我们缺乏中国式现代文化之"道"作为文学的"根"，意识到引进西方创作方法或进行文学批评方法的变革如果离开"道"的创造必然失败，意识到"意识流"在乔伊斯那里不仅是创造手法而且也是世界观……那么，中国现当代文学、文学理论和文学批评，可能就会是另一番格局。

为何是"文以穿道"？

我提出用"文以穿道"文学观来代替"文以载道"文学观，这不是用一个完全无关于"文以载道"的西方式文学观为原理基础，来进行中国当代文学观的建设，更不是从传统文论中发掘诸如"缘情说"那样的概念来作现代阐释，而是针对"文以载道"的文学依附性，通过改造"文"对"道"的单纯承载关系，达到尊重"道"和改造"道"的统一，使当代中国文学观既可以与现代性的"自由""疏离"的本质内涵打通，也可以落实在古今中国文学经典的独创性经验上。

具体说来，不管西方理论界多数学者是把现代性理解为"自由"与"合理性"，还是像吉登斯在现代制度层面上将其理解为"脱域""时空分离""反思性"，抑或像哈耶克将自由主义理解为相对于"人造的秩序"的"各种自生自发的秩序"。无论是现代经济制度对个人自由竞争和私人财产的保护，还是现代政治制度对个体权利的尊重，以个体为单位思考社会的各种关系，应该是现代性的基本出发点。而个体的生命所包含的潜意识、性冲动、感性经验以及哈耶克所说的"非理性设计"的自发和无知，不仅是突破"高于生命理性"的力量，产生了尼采的"价值重估"、柏格森的"生命意志"和伊格尔顿的"反本质主义"，而且使吉登斯的"反思性"得以可能，使得20世纪西方各种思潮、观念和主义之规模超过了以往任何历史时期。虽然对个体权利、生命力和创造力的推崇使得西方传统理性遭受了前所未有的冲击，使得全球和谐安宁的理想在这种冲击下离我们更加遥远，但是中国的现代化要有效地以自己的传统文化优势对今天的世界发挥影响力，一定程度上就必须以尊重个体生命力、亲和个体创造力的姿态进入全球现代性的共同生活。儒家文化之所以在今天的中国成为一种调节心灵的存在，而非可干预现实的存在，原因就在于儒家文化无法告诉人们在生命力、创造力已被唤起的今天，除了节制欲望和淡泊欲望之外，是否还有其他新的途径给人启示，也无法告诉我们在世俗享乐得到满足后，人还应该干什么的问题。中国当代文学创作和文学理论，就有一个从承载东西方"观念之道"的生存状态，转变为依靠文学的文学性力量突破各种"观念之道"，从而履行文学自身的生命力和创造力之使命。最为重要的是，文学自身的生命力和创造力，不仅应该衔接上传统借"缘情"来反抗"礼教"的血脉，突出中国人情感中蕴含的生命力，而且在情理统一的意义上，还必须将这样的突破落实在作家自己对世界的"道"之理解上。生命力对既定的"理"之突破和创造力对个体化之"理"的建构才可以得到统一,突破既定的"理"之生命力,才可以在作家创造自己的"理"中得以安放,也才可以从中国传统文艺理论的情理统一命题转变为普遍的情受个体化的理支配之新命题。

不仅如此,上述关于中国当代文学观体现个体、生命力和创造力的思考,还必须从中国传统经典文学有没有自己的个体、生命力和创造力展现的文化经验入手,才能发现个体、生命力、创造力在中国文学中存在的方式及其需要解决的问题。如果用这样的经验可以打通西方现代性的基本内容,那么中国文学观的现代性就不是一个凭空产生的问题,而是中国传统文学的上述经验没有得到中国古代和现代文论充分揭示的问题。这意味着,从王国维借叔本华哲学写《红楼梦评论》开始,中国文学理论的现代化,就踏上了一条直接依托西方文学理论评点中国文学,而与中国经验不同程度脱节的批评之路。无论是王国维的"生命哲学",还是周作人基于西方人道主义理解的"文学是人学",抑或20世纪80年代的"文学即形式"和90年代后的"文学解构论""反本质主义"等,均存在着无视中国文学的文化特点以及中国式的个体、生命力、独创性存在方式的问题。这一方面使得中国现代文艺理论与中国文学自身的文化经验处于貌合神离的状态,使得"形式论""解构论"这样的文学观无法切入中国文学创作中的问题;另一方面又不能对中国当代文学观进行尊重载道又能突破载道的文化整体性的思考,自然使得中国作家、研究生和大学生对文艺理论失去了兴趣。关键问题在于:如果说中国传统文学是压抑人的生命力和创造力的,是缺乏个体独立品格的,那么杜甫、李白、苏轼、李清照的创作是不是也可以被这种压抑所说明？如果可以说明,那么中国古代文学的辉煌就是与现代性基本无关的,中国文学告别传统经验才能走向现代化,是合理的推论;如果很难说明,那么中国古代优秀作家和作品就应该蕴藏着中国人自己的生命力、创造力实现的经验,深入研究"生生""阳刚阴柔"和刘勰在《文心雕龙》中所说的"典雅、远奥、精约、显附、繁缛、壮丽、新奇、轻靡"这些观念中存在的问题,就是至关重要的。也就是说,中国古代文论也注意到个性差异和风格差异等"个性化"问题,然而由于"载道""宗经"思维造成作品在深层意蕴上存在着"类型化""从众化",这就使作家不自觉地会在创作实践中产生完全遵守、有限遵守以及突破儒、释、道观念的程度差异之问题,并最终造成了像可以被儒家文化概括的杜甫和儒、释、道均难以简单概括的苏轼的独创性差异之现象。所谓"独创性差异",不仅是指作家风格差异、语言差异等体验和表现方式的差异,而且是指作家理解世界的差异——这是一种依附道、选择道还是改造道、化解道,进而进入独特的道之体验的差异。这种差异体现为作家受儒、释、道观念制约的强与弱。这种独创性的强与弱由于依托中国特有的文化结构,还可以获得一种中国文化上的"统一又不统一"的价值张力,表现在生活哲学上会产生中国人"表里不一"的行为方式和处世方式;表现在文学评价上也同样会产生一些中国文人社会地位高但人格和作品评价却不一定高的现象……忽略这样的强与弱,就会造成中国现代文学创作和文艺理论只能在西方文学之道间转换的现代史,也必然到现在也解决不了中国文学创作的"非文学性—教化性"之顽症,理论上也就不可能回答中国现代优秀文学与世界一流作品的独创性差异究竟在哪里的问题。

于是,由现代性呼唤的个体、生命力和创造力统一而成的独创性追求,以及由中国文化艺术所提供的整体性、渗透性经验,就共同催生出"文以穿道"的"穿"。"穿"具有如下三个基本特性:一是"穿"是"穿越"的意思,是"穿过对象",而不以"打倒对象""轻视对象""抛弃对象""拒绝对象"为前提,所以明显区别于儒家"膜拜—拒斥"思维所形成的"反传统""轻视世俗"等否定性概念。"穿越"以尊重穿越对象并由此与穿越对象构成一个整体性世界为首要性质,符合中国文化对世界的亲和态度以及全球化时代不同文化的共存需求,有利于建立中国现代文化对世界的"非霸权性""非教化性"形象。二是"尊重对象"是前提,"利用对象作为材料"是方法,目的在于在性质上改造对象。在实践效果上,这就相通于中国文化强调的现实性、具象性、延续性,可以避免由西方二元对立思维所导致的抽象性、纯粹性、形而上和断裂性,并纠正20世纪中国现代文学和文化运动受西方二元对立思维影响,而产生的与社会现实文化及历史文化断裂的"非中国性"问题,同时也建立起"批判—性质改造"的新型否定观。三是由于"穿越"的意识、能力的强与弱,"穿越"就具有张力,从而既可以与中国文化的"通透性"衔接,使中国当代文学观与中国文化的"生生"观念打通,也可以弥补传统文化"生生"观念、"通透"艺术在创造独特的对世界的理解上的不足。在理论上,更可以一方面区别西方以"实体性存在""对象化存在"为思维方式的文学观,另一方面又可以将儒家道德性的"修身",转化为具有现代意味的自我创造,突破20世纪中国学者或依附传统文化或依附西方文化,从而缺乏观念原创之瓶颈。"文以穿道"就可以作为区别于传统的"文以载道"的中国式当代文学观,参与东方和世界现代文学理论之对话。

穿道之初：突破现有文化观念后个体化意蕴的敞开

在否定主义文艺学中,"穿道"是亲和、尊重现实观念但又不限于此,从而改造现实观念,最后作家致力于对世界的个体化理解上。在"穿道"之初,作家会表现为虽然认同时代和文化之道但又质疑这种道。

自孔子在《论语》中强调"君子谋道不谋食"以来,"道"一直是中国知识分子追求的价值理想和内容。如果孔子将"道"更多地理解为社会政治秩序和伦理规范,孟子将"道"理解为心性修养的功夫,老子将"道"理解为一种无所不在的生存智慧的话,那么,"道"与现代文论所说的意识形态合流后,则可以理解为一种被中国主导性意识形态或中心化哲学思潮所规定好的价值理想和内容,"道"的可观念化表达是其基本特征,并形成观念现实。从"阳关大道"到"邪门歪道",从"革命道理"到小品中的"修鞋的道","道"都是一种可以表达的观念和原则,是要求人们去遵守的观念性存在。而荀子和刘勰在阐释"文与道"的关系时,以"文章者道之器"的说法引发《文心雕龙》"原道""征圣""宗经"等文学从属于"道"的基本理念。20世纪西学东渐以降,当中国现代知识分子在现代化意义上把"道"转换为西方价值理想与内容时,文学自然就被理解为对西方文化之"道"的承载。于是,新文化和新文学运动就将一个重要的文学理论问题遮蔽了:那些既难以被儒、释、道之"道"所解释、也难以被西方现代人文之"道"所概括的作品,应该用什么样的文学观去解释呢?遵循现有文化观念和文学观念写出的作品,反而不如突破文化观念和文学观念写出的作品的成就高,从而形成了遵循现代个性解放之"道"的巴金与质疑现代个性解放之"道"的鲁迅在文学性上的区别,这应该如何解释呢?作家对既定的"道"的尊重、认同和个性化理解,是正常的、自然的,但一个优秀的作家肯定不会满足于这样的尊重、认同和个性化理解,而体现出自己的质疑,进而生产自己对世界的理解或体验,并由此外化出独特的作品情节、人物和意蕴。我把致力于这样努力的文学创作,称为"文以穿道"。

举例而言,20世纪中国作家对"人学"的理解,是以西方现代生命哲学和人道主义哲学为依托的。1918年,周作人在《人的文学》一文中,要求新文学"用人道主义为本,对于人生诸问题,加以记录研究",通过人的文学来"养成人的道德,实现人的生活",比较典型地依据了西方的生命观和人文观,即个人主义的生命观。所以,他针对《水浒传》做出的"非人文学"之判断,依据的便是西方的人的观念,要求中国文学应该载西方之"道",所谓《水浒传》与《聊斋》《西游记》《三笑姻缘》"这几类全是妨碍人性的生长,破坏人类的平和的东西,统应该排斥",即是如此。《水浒传》是"写强盗的非人的文学",但历代读者之所以喜欢这部作品,却不是因为其写了强盗。一方面,如果不是走投无路,梁山好汉不会聚在一起杀富济贫做强盗,这样的"强盗"很大程度上应是褒义的;另一方面,周作人仅看到《水浒传》中的好汉今天抢这个,明天杀那个,却没有看到宋江打方腊两败俱伤中隐含着作者对"梁山起义"从一开始就原则不明的质疑,这种质疑通过招安后梁山好汉的树倒猢狲散充分体现出来了,并给整个作品的"替天行道"打上了问号。如果说"人的文学"最重要的是作者的态度,那么《水浒传》作者的态度就既不是在赞赏"强盗",也不是在用"人的态度"写梁山好汉。我更倾向于认为:《水浒传》既不是用人道主义的"人的观念"写出来的文学,也不是完全符合儒家观念写出来的文学,而是虽然表现了儒家的"忠、孝、节、义",但却通过梁山好汉被招安后走向荒凉的情节,对儒家的"忠、孝、节、义"持怀疑的态度,并因为这种怀疑成就了作品的意味深长。《水浒传》中劫富济贫、性格各异的英雄固然是作品艺术魅力的来源之一,但作品中的宋江在为何上山、为何下山、是否打方腊、如何面对招安等方面与梁山弟兄们格格不入,则是作品深层意味的来源,并且与梁山好汉的传奇构成一种穿越的张力。这种张力,才是引导读者突破儒家观念化内容,启发读者从怀疑的立场去看待梁山泊农民起义的通道。领略《水浒传》的文学魅力,如果我们仅仅关注梁山好汉如何杀富济贫、鲁智深如何拳打镇关西这些可被儒家"弃恶扬善"观念统摄的材料化内容,就很难发现作家对梁山好汉"替天行道"的英雄壮举与"替天子行道"混同起来的悲剧产生的警示意味。这种意味,一定程度上已经打开了作家对世界个体化理解的空间,也引导读者进入了一个意味深长而又不可名状的体验性理解空间。

无独有偶,当梁实秋先生把文学的本质理解为"表示出普遍固定之人性",并把它作为"道"要求作家去表现时,就既解释不了卡夫卡对人性"孱弱惶恐"的新理解、新启示,也解释不了苏轼、曹雪芹的突破儒、释、道观念的作品。而张爱玲之所以没有像周作人那样选择西方人道主义观念来写她的《金锁记》《倾城之恋》,是因为要对七巧这样的女性进行"非人性化"的西方人道主义意义上的批判,是一件太容易的事情,因为通过残害别的女性来抵抗被社会残害的命运的七巧,与"'吃人'与被吃"在中国的循环性有相通之处——这已经不是一种简单的"吃人"批判就可以解决的复杂的中国问题。鲁迅的"虚妄"与张爱玲的"苍凉",很难被现有的西方之"道"和中国传统之"道"所概括。如果有学者硬要将这种关于世界的体验与现代主义对世界的"绝望"和"悲观"的看法联系在一起,那又同样容易混淆以"绝望"与"悲哀"概念出场的内容差异和性质差异。即从陈子昂"前不见古人,后不见来者"的自怜的绝望开始,到刘禹锡《秋词》里的"自古逢秋悲寂寥,我言秋日胜春朝。晴空一鹤排云上,便引诗情到碧霄",这都是不能被"绝望""悲凉"这些大概念说明的立意。鲁迅虽然赞赏过尼采和施蒂纳,但并没有完全采取尼采和施蒂纳的"超人精神""自我扩张",这就使得鲁迅既怀疑西方离家出走的个性解放,也怀疑中国文化是"吃人"的文化而拷问中国的新人是什么的。这种拷问,也绝不是"希望""昂扬""战斗"等概念可以概括的。如果说西方现代"荒诞"来自西方现代人对现实的超越,但又不知道自己究竟希望过什么样的"更理想"的生活的话,那么,鲁迅式拷问的文学意义就在于:子君们反叛压抑个性的家庭,在中国只不过是又进入另一个压抑个性的家庭而已。因为家庭内外在中国构不成性质上的根本区别,所以在我们面前是没有现成的路可走的。但无路可走仍然必须往前走——这就是鲁迅式坚定的"虚妄",并隐含着中国人走路必须走"原创"之路。同样,张爱玲虽然是以批判的姿态介入中国女性身上的种种问题,但却不是用西方女性主义观念来简单地介入——被迫害的七巧对亲人进行摧残,七巧的女儿将来就真的不会这么做吗?因为中国"吃人"的文化竟然让许多人快乐而乐此不疲,甚至也能让张爱玲感到日常化的亲切,那么不被迫害也不迫害人的人是怎样的呢?这样的人该如何才能产生呢?张爱玲显然回答不出这样的问题,这才是她的"荒凉"。我之所以肯定鲁迅与张爱玲对世界独特理解的努力,即在于上述问题没有任何现成的中西方之"道"可以面对和解答,只能召唤我们用全新的思考去面对。这是一种穿越,穿越了既定的文化观念,进入了一个深刻而独特的体验性理解空间。

也就是说,以人道主义观念去创作的文学可以是"现代的人的文学",但这是不是现代文学的文学性境界,已经被追逐西方式现代性的中国文艺理论、文学批评和文学创作集体性地忽略了。中国现代文艺理论家如周作人、梁实秋等有一个共同的局限,皆没有考虑到文学如何实现生命敞开和创造力高度实现相统一的生存问题。结果,中国新文学虽然承载了西方诸多现代人文观念和生命观念,虽然吸收了许多西方文学形式,但因为没有能创造自己的文学观和文学理解,文学创作和理论基本上还是"文以载道"的延续,并直接造成后来的文学为抗战服务、文学为政治服务等工具性文学生存现象,从而暴露出五四新文化运动在文学革命、文学现代化问题上的肤浅。如果儒家对文学的要求是载仁义之道,西方人道主义对文学的要求是大写的人之道,那么这样的不同要求也许与文学内容的"传统"和"现代"有关,但与中国文学在文学性上的现代自觉并无多少关系。这种文学性的现代自觉是指:中国传统文论只在"妙笔""神韵""栩栩如生"层面上谈文学性,在解释中国文学经典通过作家个体化理解突破儒、释、道对文学的潜在制约方面,是远远不够的。这种不够正是中国现代性对个体、独立性、创造力在深度上揭示不够,而依赖有现成答案的西方现代观念所致。中国现代文学需要突破传统文论只在风格和修辞上谈文学性,无力解释文学经典在对世界理解上的独创性之格局。文学表现现代生命内容和人道主义内容,可以作为文化的现代化要求去干预文学,但不能作为我们对文学的现代理解。文学的独立绝对不能等同于文学表现独立的人格形象,而是指作家的创作必须受独特的理解世界这一最高的创造性境界的支配,通过怀疑一切既定的时代文化观念来加以实践。

穿道之后：建立作品文化表象后的个体化理解

　　由于上述突破中西方之"道"的文学作品在"文与道"的关系上究竟意味着什么，被中国现代文学理论研究忽略，"文以穿道"的观念自然就不会被中国现代文艺理论研究发现和创造出来，也必然会使中国文学批评家依附在西方诸如"艺术即形式""自律论"上谈对抗和超越"文以载道"。王国维倡导的"一切之美，皆形式之美也"这种审美超功利观，为什么和后来偃旗息鼓的新潮文学有血脉关系，原因就在于中国作家和文艺理论家从未对独立的艺术在中国能不能指向纯粹形式，产生中国作家自己的现代性质疑和理解。即美除了表现在艺术形式中，也体现在思想、语言、行为、体验和生活中，这是由中国文化的整体性、互渗性决定的审美现象，是由《易经》先天八卦奠定的整体的、通彻的文化宿命。王国维认为钟鼎、碑帖、古籍这些文物，对其的欣赏与社会文化息息相关——它们不可能只是诉诸视觉效果的装饰画。如此一来,中国文化中所有的独立形象其实都显现在整体中。不仅贾宝玉的"女儿都是水做的清纯"混迹于有些污浊的大观园中,苏轼的《琴诗》也混迹于"细捻轻拢,醉脸春融,斜照江天一抹红"这样艳情的诗和"洞房清官,寒热之媒,皓齿蛾眉,伐性之斧"这种道家式的"忘欲"短句中。中国文学的本体性和独立性,只能在这种整体中通过穿道的张力发现到。在这里,否定主义文艺学借鉴中国古代文论强调的"象外之象""言外之意""弦外之音"的通透性、流溢性的文化特点,以此区别西方二元对立的"对象化""确定性""纯粹性"的文学思维;但又强调个体化理解作为通透的张力,从而又区别于传统文论的"象外之象"仍然被禅宗和道家境界统摄的类型化境界,就会得出如下结论:借用"言外之意"作为方法,中国文学的独特意蕴常常不是直接表现出来的,而是隐藏在作品表层意象内容之下的。掌握这样的本体思维奥妙,"形象""意象"还是"形式"的辨析和讨论就不太重要了。如果我们硬要用"形式"这个概念去把握中国文学作品,那也是一种"多层累"结构,是一种既考虑整体性又兼顾独特性的"复合形式观"。这种形式观,既然不是任何西方形式主义可以解释的,我的看法就是最好不用"形式"概念去看待中国文学。

我之所以认为鲁迅的《伤逝》是一种典型的"穿道性作品结构",是因为这样的结构更易于表现中国文学内容的整体性和通透性。即作品的表层意象、意蕴某种意义上是符合传达西方观念的时代要求的,可被现代性的一般文化要求所把握,但这并不影响作品的深层意蕴具有突破、质疑表层意蕴的独特意味，并和表层意味构筑了一种穿越的张力。如果用"文以载道"的观念去看，我们就容易看到《伤逝》符合现代性的、反封建的一面，但如果用"文以穿道"的观念去看，我们就更可以看到《伤逝》怀疑、突破现代性之道的一面，并且只有看到这一面，我们才会发现作品给读者的心灵震撼。就《伤逝》中的子君、涓生敢于离家出走追求个人幸福而言，他们与巴金《家》中的觉慧，以及与话剧《于无声处》一样，形式和意念上很大程度均受易卜生《玩偶之家》中的"娜拉出走"的影响，都可以获得现代个性解放、反封建之道的阐释——如果仅仅在这个层面上理解《伤逝》，那么该作品就是与《家》同样的作品，也没有了文学价值上的差异，就会让"文学共同性"遮蔽了"文学独创性"。只有当我们透过表层看到"离家出走"但"爱之无所附丽"造成的悲剧，才会把握到鲁迅对如此个性解放的深刻质疑，体会到只有重新建一个新的爱之有所附丽的家才是子君们的真正出路这一深刻的意味。然而，肯定鲁迅的《伤逝》具有"文以穿道"的品格，不等于鲁迅在"穿道"上就已经达到了很高的程度，也不等于我们就可以把《伤逝》与《红楼梦》这样的作品相提并论。这是因为，"穿道"的最终目的是建立作家对世界的独特理解，并把这样的理解化为可以阐释的独特形象、形式、意境和意味，这是《红楼梦》《罪与罚》这些经典作品的重要特征。比较起来，鲁迅的《伤逝》是以质疑"个性解放"观念在中国的有效性出场的，在否定主义文艺学"批判与创造的统一"的意义上，作家只能说在"穿道"的道路上前行了一半，更重要的一半，则在于回答中国的娜拉在没有新家园的前提下该怎么办,并将其化为作家对中国现代新人的哲学性理解,塑造出不同于贾宝玉那样的中国现代新人,如此鲁迅的文学成就或许就会更高。也许这样的要求对鲁迅而言可能有些苛求,但如果我们不对具备这种可能性的鲁迅有苛求,那么我们就更不可能对中国现代其他作家产生苛求,中国文化的现代之路该如何建立,就更不可能得到文学意义上的解答。也许这样的苛求是对中国当代作家而言的:我们如何在尊重鲁迅的前提下穿越鲁迅?

这就正好反衬出中国现代文学在艺术总体成就上不及中国古代文学之处。不少学者常常在苏轼作品"集儒、释、道之大成"这些表层的艺术内容面前止步,运用的就是"文以载道"的思维方式,潜台词是苏轼载儒、释、道之道且集大成。但集儒、释、道之大成或集儒、道大成在很多古代作家身上都有程度不同的体现,苏轼的这种集大成为什么不是破碎的、左冲右突的经验性融会,而是有机的、有独特哲学意味的集大成?这种集大成背后的对世界独特的体验和理解是什么?这种独特的理解和体验有没有对儒、释、道思想进行审视、批判和改造,从而显示出苏轼自己的天人观、世界观?是否正是这样的天人观、世界观使苏轼区别于陶渊明、李白、辛弃疾、李清照?因为只有"文以载道"而没有"文以穿道"意识,《念奴娇·赤壁怀古》中的"江山如画,一时多少豪杰"和"大江东去,浪淘尽,千古风流人物",便只能被一些学者解释为既有儒家政治理想落空的悲哀,又有道家悲哀之中的一种超脱的且儒且道之缠绕,但却不能推进到"悲哀"和"超脱"后面的深层意象中去——苏轼有没有"悲哀"和"超脱"

概括不了的立意、立象？比如在这首词中，人类命运与自然律令、男人英雄与少女出嫁，是不是各有自己的律令而没有高低主从之别？从而更接近荀子的"明于天人之分"？但仅有天人各有律令的意识还不够，"天"与"人"有怎样的分立关系才是更重要的。苏轼既区别于李后主之感伤，也区别于李白之潇洒，更区别于辛弃疾之执拗的文学奥妙，是不是从"一樽还酹江月"和"早生华发"的关系中可以看出从容、平和的端倪？这一端倪是不是可以引发这种独特意味：苏轼落难黄州时见溺死婴儿风俗挺身而出，上书当地政府，是儒家"达则兼济天下，穷则独善其身"所不能概括的人生与人格形象。"穷也兼济天下"表明苏轼已突破儒家忧患意识和道家超脱意识，而形成的一种独特存在来作为他理解世界的方式。这种存在之所以区别于"宠辱不惊，看庭前花开花落"的平静，是因为苏轼有自己审视世界而又平等对待世界的信念——审视，使他对世界充满问题意识和批判意识；平等，使得他的这种批判突破了儒家人伦等级的束缚，所以是一种我称为"天人对等"的独特性存在。在我看来苏轼之所以是具有"穿道"品格的作家，是因为这种独特存在不是对抗儒家、道家之道的，也不是脱离儒家、道家之道的，而是深化并改造了儒、道之道，从而形成了自己的"道"，苏轼真正不朽的地方是在这里。

鲁迅所说的读《红楼梦》"经学家看见《易》，道学家看见淫，才子看见缠绵，革命家看见排满，流言家看见宫闱秘事"之情况，正好把中国人习惯于"文以载道"的阅读以及这种阅读远离《红楼梦》的独特魅力之弊端揭示了出来。亦即《红楼梦》虽然是一部百科全书,但百科全书无助于说明《红楼梦》的文学魅力和独特的意蕴——无论是"阴阳"还是"宫闱秘事",无论是"排满"还是"诲淫",其实都不足以说明《红楼梦》的核心人物贾宝玉的独特新人之意味,而只是作品表层文化意象的"各取所需"。比如,从警幻仙子秦可卿的"性爱自由"去看,作品无疑有对社会和家庭封建伦理突破的一面,从这一面可以得出作品反封建的内涵。但是贾宝玉之所以是对秦可卿的穿越,是因为贾宝玉通过他与秦可卿的梦中意淫穿越了性,展开了贾宝玉独特的、既有生命欲望又十分诗化的人生:"爱—梦—意淫"一体化的人生。意淫之所以对自由化的性解放、享乐化的性放纵都构成了穿越,是因为性压抑和性自由是相辅相成的同一种逆反性文化,而贾宝玉则不受这种文化的约束。特别是,意淫的非占有性和欣赏性,还蕴含着对美丽少女的原始怜爱与尊重,从而改变了男尊女卑的儒家文化,这使得意淫除了一定程度上肯定生命欲望外,还打通了东方含蓄性和现代平等性。梁启超关于《红楼梦》的"诲淫说"就可谓是儒家功利性的体现。因为仅仅是"红楼一梦"的意淫,在"君子动口不动手"的传统中国,谈不上"诲淫诲盗"之功效,更无法与《金瓶梅》的淫乐相提并论。这种情况,至少说明红学界没有去发现作品用现有的中西方观念所概括不了的独特内容。如果只是看中文学上的"观念材料",就会得出伊格尔顿的看法,认为文学根本无法区别意识形态,但如果根据作品的深层立意,就可以说这是一个所有文化观念都不能准确概括和解释的世界,我们在贾宝玉身上感觉到的"概括的尴尬",正好可以说明这一点。

穿道张力为什么会消解观念？

如果人类划分世界的欲望直接源于人类与自然的分离是可感知的，那么，不同性质生存领域的划分就直接牵涉到人类生活意义的问题。我们自然可以用伊格尔顿的思维说这样的划分也受制于某种权利和意识形态，因为伊格尔顿反复强调："文学理论实在不过是种种社会意识形态的一个分支，根本没有任何统一性或同一性而使它可以充分地区别于哲学、语言学、心理学或文化和社会思想。"但如果我们说人类的所有文化、所有意识形态均源于自然法则对我们的不同支配（比如环保问题是今天全球共同的意识形态），那么是不是说所有的意识形态均不能在根本上区别自然法则呢？如果我们将"受支配"与"突破受支配"混为一谈，将人"超越生死"的努力与"受生死支配"混为一谈，我们就会得出人只不过是动物的一种的结论。为了避免伊格尔顿的逻辑使我们进入人类文化虚无主义的状况,明确这样的问题就是十分重要的:文学受哲学、语言学、心理学或文化和社会思想支配是一回事,文学通过种种方式突破这种支配又是另一回事。西方式的"纯粹形式""文学性语言"的突破也许并不成功,但这并不意味着我们不可以换一种方式来进行文学突围的努力。

当我们说人类世界不同于自然世界的时候,一般总是以文化为单位去看待这两个世界的区别。这意味着我们已承认除了以观念形态、文化形态存在的人类世界外,还有非观念化的、可直观的自然界作为对人敞开的世界,这是艺术区别于观念化的文化世界而成立的原因——艺术作为一种特殊的文化单位,可以在作为人造的自然世界。自然世界的一个根本性质即是生命有机性并通过动植物的生命结构体现出来。在这种结构中,"根"与"叶"的有机性和派生性关系是最为突出的一种结构。人类文化科学上的技术嫁接之所以是对自然生命的破坏,是因为利益追逐在根本上破坏了这种结构。

在此意义上,优秀的艺术就是人造的自然世界并且遵循着"根"与"叶"的规律。具体表现是:有机性的"根"与"叶"之关系不同于可分离的"道"与"器"之关系。文学的"根"作为作家对世界的个体化理解,必然只能塑造出特定的人物形象、意味和意境,也必然会产生特定的创作方法和手法——创作方法在根本上是不可能被随便嫁接的。所以我们必须把《红楼梦》中的人物、情节、意境看作展现出来的作家对世界的个体化理解。"个体化理解"之所以不是一个简单观念,是因为任何观念都可以抽离出这个艺术形式,换一种艺术形式和内容去表达,而"个体化理解"之所以是独创性作品的"根",是因为换一种艺术形式和创作方法,就已经不是原来的"根"了。这一点适合解释一切优秀的文学经典。比如,《老人与海》为什么会产生老人与鲨鱼搏斗而不管成败的情节?这是由于西方作家总是对"人与自然"进行对抗性理解导致的。彻底的对抗也包含对抗失败的命运,如果失败了就放弃对抗,那就不是对抗性的文化,而是把对抗作为工具的中国文化思维。因为把对抗作为工具,也会把妥协作为工具,两者联系起来就形成了中国式的"文化智慧"。所以,中国文学作品既不可能有人与自然冲突的情节,也不可能有人与人始终对抗的情节展开(《水浒传》中的"招安"就是一例)。分分合合,正好反映了中国文化的这一问题。埋怨中国当代文学没有西方作品能产生震撼人心的崇高力量是没有用的。海明威的《老人与海》与王蒙的《布礼》的最大差别,就在于前者的"桑地亚哥"精神是通过情节展示出来的,而且根本不需要作家在叙述中表达观念性的看法,而后者的"九死未悔"则是通过叙述而言说的,是一种游离于情节的主人公观念意志的表达。后者在今天看来之所以很难给人留下深刻的记忆,原因正在于王蒙对世界的哲学理解是各种观念的"杂糅并蓄",而骨子里是道家的生存智慧,这必然导致王蒙将意识流只作为一种技术。王蒙的现实信念是对党和事业的忠诚,但这种忠诚之所以没能走向"人的哲学"的思考,不仅是因为忠诚只是对人与人关系的思考,而缺乏"人与自然"的思考,而且最重要的是这种理念已经演变成"道"与"器"(创作手法)的可分离关系。这使得王蒙可以用传统小说写法以《最宝贵的》来表现忠诚,也可以用现代小说写法以《布礼》来表现忠诚,所以"根"与"叶"是分离的。这暴露出王蒙在对忠诚的理解上只是一种有限观念。

"穿道张力"之所以可以消解观念世界,是因为文学作品中的任何观念内容,不仅像自然界中的生物那样处于相互依赖、相互制约的关系中,而且在与作品独特意蕴的关系中发生变异,从而只能由我们的体验来把握。如果我们不尊重这种体验而是依赖观念,就会导致对作品的把握如隔靴搔痒。这一点,突出地表现在《红楼梦》"似儒而非儒""似佛而非佛"的艺术体验中。国内学者梅新林在《红楼梦哲学精神研究》一书中认为《红楼梦》的哲学精神是"思凡模式与儒家世俗哲学""悟道模式与佛道宗教哲学""游仙模式与道家生命哲学"的"三重复合模式",我认为这属于一种观念化的把握作品的哲学意味,这属于文化性解读而不是文学性解读。这会把《红楼梦》不符合儒家哲学的内容,很容易看作另一种观念运行的结果,如"悟道模式以及与此相对应的佛道宗教哲学是对思凡模式以及儒家世俗哲学的第一次否定和超越",从而把超出儒家、佛家和道家哲学的哲学意味放逐了。在《红楼梦》中,贾政的功名教化、贾母的宠爱护短、王熙凤的治家管理以及贾宝玉对大观园主宰者的依附,当然是符合儒家规范的。然而我认为作品突破了儒家"齐家""教化"的"平天下"和"修身"之性质,是因为从文学性去看,贾宝玉这个尽情展示自己的喜怒哀怜、食色情欲的大观园的审美灵魂,不仅通过贾母的怜爱让大观园所有的人都围绕着这个只喜欢意淫的人转,而且还使得王熙凤协理宁国府具有了看护这审美灵魂的深层意味。所以《红楼梦》中对儒家文化认同的一面只是材料,而在结构和性质上是从属于贾宝玉的,这无疑是批判和消解儒家观念的。所以,《红楼梦》借儒家的一面来认同作家梦中的女儿世界。同样,贾宝玉所代表的女儿世界的核心内容也不是佛家"出世归真"所能概括和解释的。《红楼梦》虽然以宝玉出家、宁国府破败为终结,但这种佛家"出世"的安排在作品中仍然是被工具化对待的。佛家会把宝玉沉浸在女儿国中的欢乐看作"人生的迷途",而作品真正的审美指向正是在这女儿国的梦幻与欢快中,宝玉出家可以看作这梦幻的破碎,而引起作家的悲叹,王国维的"解脱"一说就失之皮相。没有真正入"儒家之世"的宝玉,不具备看破红尘而出家的性质,所以被和尚拐跑的宝玉,说不定什么时候又会跑入另一人间温柔乡,这才符合无所谓迷途与清醒、只喜欢女孩子清纯世界的贾宝玉的性格。也正因为此,宝玉才会被贾政说成是"另类"——"另"不仅是相对于儒家的,也是相对于佛家的,所以对于这样的"另类",贾政是无法概括的。以此来看,这个清纯的女儿世界在现实中既无法安放在儒家的"修齐治平",也无法安放在佛家的"看破红尘"中,因而无任何现实之用而破败的。破败在现实中是悲剧,但在审美和艺术性上,在文学与文化的不同性质上,则把美必然是短暂的、不可重复的性质衬托出来了。

那么,《红楼梦》在"似儒而非儒""似佛而非佛"中是否走向了道家超越性欲的"至情"了呢?我认为也没有。正如贾宝玉对少女的爱是突破了单纯的色欲一样,超越色欲的贾宝玉也不是单纯的纯情、纯爱。宝玉不仅与秦可卿梦中交欢,与袭人初试云雨,与碧痕一起洗澡弄得满屋子水,而且对宝钗雪白的膀子同样想入非非……这既不是皮肤之欲,也不是纯粹之情,而更符合否定主义伦理学所说的"健康"。空空道人所说的"因空见色,由色生情,传情入色,自色悟空"就既不能做逻辑关系解,也不能做循环关系解。因为贾宝玉最独特的状态是既随时亲空、亲色、亲情,也随时非空、非色、非情,所以这是浑然一体的生命自然状态,而不是理性和观念中可以定于一尊的状态;是突破既有文化观念的状态,而不是在既有文化观念中可以选择某一种文化去解释的状态。也正因为这样轻度的"去文化性",以意淫为性质的贾宝玉所怜爱的女儿国,只是让我们在艺术体验中感觉到了别具一格,但我们却很难在文化上准确概括这种别具一格,《红楼梦》的艺术魅力,正在于此。

  需要说明的是,优秀的、成功的"穿道性"作品在艺术接受上是"文学的启示",而"载道性"作品在文化观念解读上则是"文化的启发",不成功的"穿道"作品则会使"文化的启发"遮蔽"文学的启示"。"文学的启示"之所以不同于"文化的启发",是因为"启示"并不引导读者接受观念,所以多半不具备现实之用。"文学的启示"由于解决不了人的任何现实问题和社会问题,所以只能成为夜空中的发光体,但不会产生什么轰动效应。这就是《红楼梦》从来没有《伤痕》《班主任》那样产生大的轰动效应。优秀的文学和艺术之所以是非现实性的,是因为艺术给人们带来的启示,在瓦解既定的文化观念之后,让读者走向更为丰富的"可能性世界"——这个世界因为具有体验性和模糊性,读者因此可以不断参与其中,因此永远不会现实化,也永远不可能被一个观念所穷尽，并因此与文化现实和作品的表层文化意象构成性质上并立的状态。而"文化的启发"则是向新观念的转换，比如从儒家的人的观念到西方现代人文观念，从"忧患性的自我"到"欲望化的自我"，都是这样的观念转换。以观念的转换为目的的文学，常常是作为文化启蒙的工具存在的，更多发挥的是文化启蒙的作用，这就是易卜生《玩偶之家》与巴金的《家》的共同性，所以在否定主义文艺学中就属于"穿道"程度不高的作品。这样的作品会给人们的思想带来震荡，但只要人们能够接受新的观念，这样的震荡就会过去。在人们需要个性解放的时代，会提起这样的作品，但在个性解放不成问题的时代，这样的作品就是一个历史性的文本，而很难成为一个超时代的、具有恒长的文学魅力的文本。无论是20世纪90年代中国文坛重温"红色经典"，还是80年代热议五四新文学，很大程度上均与时代的文化需要有关，而与文学魅力并无多少关系。如果有读者问，该怎样解释文学史上为作家作品"定位"？能离开观念性定位吗？比如巴尔扎克对"拜金"的批判，卡夫卡对人的"渺小"的揭示，是不是观念性的揭示？文学批评尽管看重艺术体验和感受，但其本质是现实化的观念行为和文化行为，是把艺术体验和感受作为工具的，所以文学批评与文学理论在性质上是不同于艺术的。艺术和文学的生命力与魅力，可以不靠文学和艺术批评而流传，但文学批评必须用观念化的语言将文学作品的特点予以清晰表达和揭示。

"文以穿道"之所以不能理解为穿越古今中外所有的道，是因为作家只对制约和影响他的"道"有穿越的使命，而对其他

"道"则没有穿越的必要。对于受儒家、道家文化制约的中国作家,没有必要去穿越中东的伊斯兰教和日本的神道教;对于不受儒家文化影响和制约的西方作家,他们的独创性也没有必要建立在对中国哲学的了解和批判上。总体上说中国当代作家必须穿越各种西方文化观念,是因为百年来西方文化对中国文化的影响是一种不正常影响———一些中国作家喜欢用西方的世界观和文学观去从事文学创作,从而丧失了个体化理解世界的意识与能力。当然,也不是说一个中国作家必须穿越西方所有的意识形态和文学观念,正如西方近代文化更多是影响中国中年作家,西方后现代观念则主要影响中国青年作家,对于很少受西方古典主义影响的20世纪80年代后出生的作家而言,在知识的层面上了解古今中外文化思想是一回事,他会不会用奥古斯汀和莎士比亚的观念去从事创作则又是另一回事。所以,对韩寒这样的青年作家来说,他没有受文学是神圣的事业、作家是人类灵魂工程师这种意识形态的影响,自然就不会用一种"教化""启蒙"和"专业作家"的口吻对社会说话。如果说韩寒这样的作家也有"文以穿道"的责任的话,则主要体现在他在对世界的理解上如何区别于张悦然、郭敬明这些同类型的同辈作家。因为"文以载道"在中国之所以是一种文化,就在于每一代作家常常以自己的价值认同去"轻视""告别"上一代或另一批作家,却不习惯对自己的价值认同也采取"穿越意识"。韩寒认为一个独立的作家不能加入组织的看法我是赞同的,因为中国作家在组织关系和人际关系中确实不易产生自己的独特性,但是更为重要的是与自己认同的意识形态保持穿越张力,才是在创作上避免落入类型化。在此意义上,"文以穿道"所需要"穿越"的"道",主要不是指作为文化宝库而存在的古今中外的思想史,而是指制约自己看待世界、影响自己从事创作的观念、方法和思维方式,这是影响自己走向文学独创的最亲切、最致命的敌人。我认为王国维当年写《红楼梦评论》的时候如果能对自己信奉的叔本华、康德、席勒的哲学和美学思想有所穿越,在写《人间词话》时能对古典意境所依托的道家和禅宗美学有所审视,在审美问题上避免与"形式主义"混同,王国维的艺术创造和理论创造,肯定会取得超越今天我们看到的这些作品的成就。

穿越观念现实的文学意义

说到"文以穿道"对中国当代文学的意义,我想先请读者将视线投向中国的近邻——日本。日本文学艺术在近百年的现代史中已经产生了黑泽明、东山魁夷、川端康成、大江健三郎、村上春树等一批影响世界的经典作家,而中国当代文学艺术与日本相比在影响世界方面的差距,中国作家队伍、作品数量成规模化但原创品格低所形成的反差,就要中国当代作家突破一般文学创新,去追求对世界有独特哲学理解的创作,这是免为其难的。

首先,中国作家如果不能激活思想和理论的原创力去面对世界,而是像胡适那样在中西方文化观念之间抒发自己的困惑;或像朱自清那样面对破碎的荷塘怀念古代审美意境;或像贾平凹那样或通过《静虚村记》沉湎于道禅境界,或通过《秦腔》漠然地描述了无生机的土地,从而不断调整自己的创作理念;或像王蒙那样以道家哲学为基础来兼揉各种创作技法……那么,中国当代文学就不能以自己的现代独创品格自立于世界文学之林。这种缺憾,使中国作家面对西方和日本一流作家时失去自信心,也体现不出中国作家对中国式现代文化创造的责任。在这里我想说明一个问题:有不少学者和作家认为苏轼、曹雪芹这样的经典作家是自然产生的,而古代文学的辉煌是以几千年的中国文学发展为保证的,所以要让近百年的中国现代文学产生这样的经典作家,在中国这样一种注重积累的文化土壤中是很难实现的。我认为,这样的看法一方面忽略了中国古代文明的演变形态与现代文明的演变形态的性质差异,即现代文明是一种全球竞争的文明,而不是可以允许中国封闭的、自由自在发展的文明,所以在"天下"单位不一样的前提下,现代一百年的时间与过去一千年的时间是等值的;另一方面,这样的看法忽略了苏轼、曹雪芹这样的作家不依赖"文以载道"的个体化努力,这种不可能被中国传统哲学和文学理论所概括和发现的努力,所以中国传统文学中的"文以穿道"是一种隐性的、未符号化的存在。这也意味着,如果一个作家不将批判现有的道、创造自己的道的意识激发出来,中国当代文学再过一百年也不一定能出原创性的作家。最重要的是,中国现代文艺理论要从传统的"教化民众"的功能转变为"启示世界"的功能,与中国现代文化必须在未来世界走向上拿出"中国看法"的要求是同步的,而且也与西方后现代反思理性的有限性的意识是可以打通的,这就使得"文以穿道"作为中国当代文学观,必须提到重要的议事日程上来。

其次,"文以穿道"建立起不同于传统"文与道"关系的现代性理解,使"文与道"这一中国传统文论命题通过性质和结构的改变,得以应对西方文化观念和文学观念对中国文学的理论制约。有学者认为从荀子、扬雄、刘勰,到韩愈、柳宗元,皆是"文者,贯道之器也"。这应该大致不错。虽然欧阳修强调"文与道俱",反对重道轻文,强调文的相对独立性;虽然朱熹强调"道者文之根本;文者道之枝叶",认为"文"是"道"的派生物,不可做"载道""明道""贯道"之分离解,但他们的共同问题皆在于没有突出道可进行个体化理解,也没有意识到作家的个体化理解在于文学与文化的性质区别,也不同于道的观念化表达。比较起来,清代章学诚在《文史通义·辨似》中说的"盖文固所以载理,文不备则理不明也。且文亦自有其理",本来是有可能生发出作家自己的理对"六籍之理"的突破性理解的,然而由于章学诚没有承接朱熹的"道根文叶"之思想,"文自有理"就多指文学创作自身的规律,而难以包含作家个体化理解世界之意。由于到清代结束的中国古代文论均没有提出"文以穿道"之思想,这就使得中国现代文论在"文与道"的关系上,一方面没有摆脱"文对道"的表达关系,使得20世纪的中国文论与其说在反对"文以载道",不如说只是在"启蒙西方之道",故"文"的"贯道""明道"性质并没有根本性的改变;另一方面,由于"文"与"道"的对立思维,文学理论家在强调"文"的独立性时,又由于脱离了对文自身的道的思考,致使文学独立过于停留在文体、技术与修辞上,文学多与好看和赏心悦目有关,从而失之于轻巧和肤浅。如此一来,不仅全球化背景下的中国问题容易演变成以西

引言 文学穿越观念现实

方原理为基础的"中国阐释",从而不能发出中国自己的现代原理之声。

再次,"文以穿道"的文学观还可以为中国当代文学理论停留在经验层面上的"何为文学经典"问题,提供一种与中国当代文学创作问题相关联的解答。这种关联是指:从鲁迅、巴金、郁达夫、张爱玲、周作人、孙犁等这些现代作家到金庸、王蒙、贾平凹、莫言、王安忆、余华等这些当代作家,谁也不能说他们的作品没有文学上的创新与自己独特的风格,也不能说他们的作品没有展示中国现当代文学创作的成就,甚至我认为鲁迅的《孔乙己》《伤逝》、张爱玲的《金锁记》、金庸的《鹿鼎记》、孙犁的《荷花淀》、莫言的《红高粱》等,已经初步具备与日本和世界一流作家对话的水平,这种水平突出体现在对西方现代意识形态、主流意识形态以及我们通常看世界的思维方式的不同程度的"穿越"上,从而使得他们作品的创新不仅体现在风格和文体上,而且体现在突破了看待世界和理解世界的方式上。然而,当《狂人日记》与《孔乙己》放在一起,当《天龙八部》与《鹿鼎记》放在一起,当《红高粱》与《檀香刑》放在一起时,它们是风格不同而文学价值等值的作品,还是在独特的理解方面有差异因而文学价值也有差异的作品,甚或作家们的代表作究竟是文学风格的差异还是文学价值的差异……这些就成为我们理解"何为文学经典"问题的关键。如果我们在风格和艺术圆熟的意义上理解经典,中国现当代文学就是经典作品星罗棋布的,每个作家都可以选出一两部代表作——像贾平凹的《废都》《秦腔》就都可以列入其中;如果我们选择后一种理解,即有风格的、有影响的作品，不一定就是文学经典，同样，有风格、有重大影响的作家，也不一定就是最优秀的作家。我们说20世纪中国文学经典不容乐观，那这样的评价是对文学的独创性境界负责，因而也是对"什么样的中国文学才能影响全世界"这个问题负责；如果简单地说20世纪的中国没有文学经典，这只是在认同西方文化的前提下对西方作家负责——甚至会把西方的三四流作家与学者当作一流作家与学者来膜拜。在此意义上，否定主义文艺学以"文以穿道"来看待经典问题，就不牵涉到对历史是轻视还是尊重的问题，也不牵涉到"厚西薄中"的问题，而是避免经验化的、感受化地谈经典问题。特别是，能流传下来的作品同样也不是衡量经典的尺度，因为"流传下来"至少要区分是"在历史常态下流传"还是只能"在特定历史时期走红"这个问题。每当进入反封建、反传统之时代要求时，我们都会提及《狂人日记》和《家》，但这种提及显然是用时代要求的眼光去看待文学使然，所以不会去看作品的文学魅力和文学问题，解读上也多半是观念性的解读；反之，《伤逝》则是很难被时代和意识形态所解释的一部作品，因而也是从未真正走红的一部作品。但是在文化上，无论是激进派还是保守派，都可能从中会对自己坚信的理念产生深思，并通过这样的深思对时代要求产生有距离的审视。这种效果，才是否定主义文艺学所认定的"经典"之艺术接受效果。

第一讲
为什么要从独创性看文学经典

我们如何让世界尊敬？

很多人对于"经典文学"的概念不理解，"经典"在于有生命力，那么有生命力靠的又是什么呢？首先我们将面对这样一个问题：对于一个人、一个民族来说，什么才是让世界尊敬的东西？有人会说是历史、建筑、艺术、文学等。再进一步提问：中国的传统文化经典思想有哪些？有人会说如"勤劳的美德"等。而如果有一个富翁站在我们面前时，我们是否也应该尊敬他？

经过近四十年的改革开放，中国经济飞速发展。如果说，一个人变得很有钱就能得到尊敬，那么一个国家很有钱的话也应该能获得其他国家的尊敬。我曾经到英国曼彻斯特大学进行学习交流，该校一个负责和我们联系的老师说，中国某著名大学曾经要求和曼大做学术交流，但是曼大校方没有答应，原因是他们认为这所大学在对人类问题的思考上不具备与曼大对话的资

第一讲　为什么要从独创性看文学经典

格。我听了之后感到很惊诧！但仔细想想,这一百多年来世界上哪种有影响的思想理论是中国创造的呢？

大家看过张艺谋导演的北京奥运会开幕式的话,会发现一个问题：奥运会开幕式把中国传统文化表现得很成功,因为"琴、棋、书、画"都是中国人自己创造的。但是到了表现中国现代文化的时候,就只能让很多演员"在地球上跑",表示我们在做现代化的努力。如果这不能引起我们的重视的话,那么我想中国人在一百年以后可能还只会"在地球上跑"。

这里再说另外一个现象。在各种国际性的学术会议上,若跟西方学者聊中国传统文化,他们会很高兴,因为他们对老子、庄子都很敬佩；但是一说到中国现代文化的时候,他们就有些兴味索然了。因为整个中国现代文化在理论上基本都是依附于西方文化的。如果西方文化理论在中国解决不了问题,遇到了挫折,我们将会再次回到中国传统文化上,只能在这两者之间徘徊。但这种徘徊是解决不了问题的。一百多年前中国有一个著名的现代文艺理论家自杀了,他就是王国维。关于王国维自杀的原因有不同的说法,但是我认为最重要的原因是他没有产生自己的哲学。对于自己借鉴的国外哲学,王国维认为可信但不可爱；对于中国传统文学,他觉得可爱但又不可信。他一生都在可信和可爱的矛盾中徘徊,解决不了问题,所以最后选择自杀。这一问题其实一直延续到今天,中国依然是在西方思想文化领域和中国传统文化领域之间徘徊,一个对自己的现代文化不能产生自信的民族,又如何让世界去尊敬呢？复旦大学前校长杨玉良在开学典礼上说："仅有专业知识的学生更像是一条经过良好训练的狗而已。"这句话尽管有点绝对,但关键是他意识到了一个重要的问题:一个民族如果没有自己的现代哲学家、思想家,而仅仅培养一些能饱读诗书、背诵诗书的人才,这个民族的文化不能赢得世界的尊敬。

这意味着,我国的古代文学艺术在世界上之所以能获得尊敬,因为这是思想创造。比如一谈到老子,西方人立马肃然起敬。老子的代表作是《道德经》。老子的哲学属于中国人自己的创造,道家哲学迄今为止还在影响着世界的进程。请注意,一直在产生文化影响的作品是一个民族自信的根本标志,但中国文化的不自信不在这里,而在于我们可能只有老子和孔子。早期的西方有柏拉图和亚里士多德,现代的西方能与之比肩的哲学家有尼采、海德格尔等。西方近现代有很多杰出的哲学家,近代有笛卡尔、黑格尔、康德、马克思,现代有尼采、海德格尔。文学家也是如此。现代中国的哲学问题是:我们至今都没有产生能与老子、孔子相提并论的哲学家,这直接影响到了现代中国的思想文化创造。如今国内高校都追求一种国际化的数据标准,比如在国际一流的刊物上发表论文的数量,但这可能没有创造出自己的思想文化。诚然,数据是重要的,它可以说明一定的问题,说明某个人的论文写作水平达到了一个不错的标准,已经可以发表在一个一流的刊物上了。但是这样的文章再多,也不能说明他能得到世界人民的尊敬,原因在于他用西方的理论进行中国实践,这样一种状态不可能获得世界的尊敬。所以,在人文社会科学方面,我所理解的"中国梦",是我们中国人能有一些不断地被西方学者引用和运用的现代理论与思想,这才是治学的最高境界。孔子、老子的哲学理论不断地被后人引用,他们才能成为伟大的哲学家,柏拉图、亚里士多德也是如此。也就是说,一个学者,他的思想、观点只有不断地被别人谈论、引用和运用,才能获得世界的尊敬。在这个意义上,文学经典不断地被后人谈论,其中蕴含的独创性思想就是中华民族能让世界尊敬的重要方面。

幸福靠什么？

中国文化所依托的除了孔子、老子的思想之外，在现当代文学领域中我们还能想到谁呢？有人会说鲁迅、莫言。但鲁迅和莫言的价值是一样的吗？当然，在某种意义上莫言可以说是中国当代文学领域中最好的作家之一。进一步说，曹雪芹和鲁迅的价值是一样的吗？他们的不同在哪里呢？只有搞清了曹雪芹、鲁迅和莫言之间的价值差异，我们才能真正搞清什么是文学经典，才会知道中国当代文化和文学缺失的是什么。

当我们说到中国传统文学时，让我们非常自豪的是"四大名著"，但是"四大名著"中，哪部作品是经典中的经典？我想应该是《红楼梦》。这里我想说明的是：不能因为一部作品看的人多，大家异口同声地说它好，我们就跟着也说好。我之所以在很多地方工作过，主要的目的是想追求自己的思想理论创造，哪片

第一讲 为什么要从独创性看文学经典

土壤能支持我的思想理论创造,我就去哪儿。如果很多学者能做这种努力——建立自己的思想理论,那么中国的"孔子、老子"有朝一日可能会再次产生。如果现代人的追求只是毕业后找个好工作,买一套房子,那么我认为这样的人不可能承担起让全世界尊敬中国的责任。这样的人、这样的民族快乐但不幸福。

怎么理解"快乐"这个词?可以说快乐以"得到"为标准,以"欲望满足"为标准,但是快乐并不等于幸福,那么"幸福"这个词应该怎么解释?吃到自己喜欢吃的菜很满足,住一套好的房子很舒服,这都很快乐。但如果人的一生都追求这种状态,他绝对不会幸福,而且常常会感到很空虚。如果一个民族也在追求这种快乐,那么这个民族也谈不上幸福。一个不幸福的民族,如何影响世界并获得世界的尊敬?

有的人不快乐,但感觉很幸福,我认为尼采就是这样的。除了尼采之外,西方还有个艺术家也是如此,他就是荷兰画家凡·高。凡·高一生穷困潦倒,经常吃不上饭,每次谈恋爱都是失败的,但我认为他是幸福的。因为他向全世界提供了独创性的、无人可替代的作品,也可以说他因对人类文化做出了属于自己的、他人替代不了的贡献而幸福,这是绝对自信自足的幸福。凡·高的心灵是绝对充实的。我虽然无法跟凡·高去比,但是我坚持这样一点:写每一篇文章都有我自己的思想,跟其他学者的不一样,这时候我就感到很幸福。说得具体些,当我们参加各种各样的学术活动时,我们的发言能和其他人都不一样,而且别人觉得有道理、受启发,那时候我们体会到的可能就是幸福。幸福是一种什么样的状态?就是一种价值感,即贡献了这个世界上没有的东西。这种价值感可以让人沉醉,沉醉到自我都可以消失。快乐首先要有自我在场,人们才能感受到快乐,而幸福是让自我消失,忘记了自己。爱情为什么让人体验到幸福感,就因为自我消失了。在谈恋爱的过程中,如果自己没有消失,那就不能说真正产生了爱。

谈到这个问题的时候我要提一下日本。不喜欢日本人和尊敬日本文化是两个问题。情感上,我也不太喜欢日本人,但我绝对尊敬日本这个民族。2004年,我在日本神户大学国际文化学部做教授,使我对日本这个民族有了比较深入的了解。那时获得诺贝尔奖的日本人已有十七八个!单是获得诺贝尔文学奖的,日本就有川端康成、大江健三郎等。还有一个和莫言同时评奖的作家,也十分有影响力,他就是村上春树。很多人一定看过村上春树的代表作《挪威的森林》,作品好在哪里呢?有的人喜欢直子,有的人喜欢绿子,男性可能都喜欢渡边。渡边既和绿子谈恋爱,又跟直子谈恋爱,这究竟意味着什么呢?我认为《挪威的森林》是非常能够代表村上春树哲学意味和哲学理解的作品。直子生活在云端,绿子生活在现实生活中,这两者都不是渡边想要的,所以一直到最后他还在探寻。直子是不能生活在人间的,因为她有一种对爱情体验的执着,她的执着是什么?是必须先有性体验才有性行为,但是她的这个体验一直没有产生。这突破了我们一般理解的有爱情就会有性的传统观念,所以我们觉得这不能理解。但实际上,人的性不同于动物的性,必须先有性冲动产生的身体反应才能有性。直子的这种独特观念很执拗。其实作品中的三个人物都是独特的人物,从而构成了一个

第一讲 为什么要从独创性看文学经典

独特的具有复合性意味的世界,这是《挪威的森林》的魅力。

我在日本感觉到,日本文化对人的创造性是相当尊重的。在日本,尽管我日语不太好,但当我说我是神户大学的教授时,所有的市民是肃然起敬的,那是因为大学是"人的创造"这样一个场所,日本大学崇尚知识和技术的进取与创造,使得日本创造赢得了全世界的尊敬。在电影界,中国现在还没有能够和黑泽明相比拟的电影导演。他最早的一部作品让我感到非常震惊,叫《八月狂想曲》,描述日本核爆炸引发的持续的破坏性后果。电影中的孩子暑假时去奶奶家生活,邻居老奶奶经常到奶奶家做客,两个人一对坐就是几小时,一句话也没有。"我"作为孩子就很奇怪,问奶奶们在干吗呀?奶奶说她们在聊天啦。两个人不说一句话,坐几个小时的聊天方式很独特,这种"不说话聊天"的丰富性、深刻性令人震撼,包含了很多难以言说的内容。因为这两个老奶奶的丈夫都在核爆炸中去世了,因此只要两个人一碰面,她们就进入了那个世界。她们只要一见面就在那个世界里出不来了,这种"出不来"代表的是一个民族持续的心理创伤。

还有一个故事,《饥饿的女孩》是普利策特写摄影奖获奖作品,作者是南非摄影师凯文·卡特,但获得大奖三个月后他就自杀了。他在自己的车里留了一张纸条,说对不起大家,这个世界充满了苦难,然后用一根管子把汽车尾气接到车里,全封闭式地自杀了。我认为这个摄影师自杀的原因就在于,他在这个苦难的世界中出不来。他拍摄的照片里,一只大秃鹫很近地紧盯着一个干瘪如柴、饥饿缠身的非洲小女孩,女孩身上黑乎乎的什么东西都没有,稍不留神就会倒地,被秃鹫吃掉。人们从这一幅摄影作品中看到的不仅是非洲大饥荒,而且通过小女孩和大秃鹫的关系看到了人类与自然关系的新启示。也就是说,在自然和宇宙面前,人类就是这个干瘪如柴的小女孩,稍不留神就没了。摄影师为这样的一幅影像、为这样的一种苦难、为这样的一种思考而焦虑,最后自杀了。我认为独创性的作品和文化,它的创作者都应该具有这样的自知。2007年,我在杭州讲这个问题的时候,就开玩笑地说:"如果中国某些记者获得和凯文·卡特一样的荣誉,一般可能不会自杀,还会高兴上三年。"这意味着什么?我认为任何从事独创性生产的学生、学者、作家、艺术家甚至是一个民族,除了生存快乐以外,会有大部分的时光沉浸在他所创作的世界中而不能自拔,顾不上生存欲望的满足。凡·高就是这样,他已经顾不上那个吃饭的世界、欲望的世界、利益的世界了。我为什么不赞成儒家的节制欲望、道家的淡泊欲望?因为人们没有一种创造性的追求,是无法做到节制、淡泊的,人们只是把欲望暂时压抑了下来,但迟早会反弹,变成沉湎于享受。

十几年前,有一部电影叫《生死抉择》。主人公李市长得知妻子受贿的事后,在阳台上思索片刻后做出了抉择,然后他发表了一通演说,挺震撼人心的。但是我认为这部作品没有穿越政治,原因在于它没有表现出人性的复杂。关于妻子受贿的事,我认为李市长内心应该有矛盾和挣扎,而不是那么简单地在阳台上思索片刻就能做出选择的,而且这种矛盾才应该是一个艺术性强的电影要重点表现的内容。为什么很多人喜欢看韩剧?因为韩剧会将矛盾面放大,形成纠葛的局面,人性的复杂就表现得

第一讲 为什么要从独创性看文学经典

淋漓尽致了。相信很多人看过《蓝色生死恋》和《冬季恋歌》。韩剧很缠绵,因为真正的爱情不是以"得到"为目的的,"尊重"和"奉献"这两点构成了真正的爱情的基本内容,作品自然就缠绵。而大多数中国人的思维是你不爱我,我就不爱你,这不是爱情,而是把爱情当作工具,是以"得到"为准绳的。在爱情方面,"尊重"和"奉献"这两点我们都比较缺乏。我们的爱情更多是占有性的,所以,韩剧通过刻画人性的复杂而突破了功利性的文化,给我们启示。

我想说的是,一部好的作品、一部经典的独创性的作品,要穿越政治和现实的文化观念。一般意义上,在文学经典领域里,我们会把《伤逝》《家》这两部作品称为经典,而且很多人会自然而然地认为《家》的文学价值更高,因为《家》的影响太广泛了。但在中国,影响大的作品不一定是有独创性的文学经典,而文学经典恰恰是没有这么大的影响的。《家》的主要内容是关于反封建、个性解放的,这恐怕不是独创性的思维。因为易卜生的《玩偶之家》有过类似的主题。什么是独创性的作品?中国作品如果能在西方找到相似的作品,它就不是独创性的作品。我们不能简单地分析《家》和《终身大事》的独创性,因为西方有《玩偶之家》。巴金、胡适是模仿《玩偶之家》来进行创作的,所以无法代表中国现代文学的创造。我们拿出来的作品必须是西方没有的。在这个意义上,《红楼梦》的独创性就体现出来了。

贾宝玉是曹雪芹笔下塑造的一个很独特的形象,这是唯一一个可以和现代文学史联通的人物。《红楼梦》中的男性角色有很多,但女性一般都喜欢贾宝玉,因为他很亲切,会怜爱女性。

而在《水浒传》《西游记》和《三国演义》中,我们是绝对找不出一个尊敬女性的男性形象的,仅此一点,贾宝玉就够独特的了。《伤逝》为什么会比《家》独特呢?因为鲁迅有一个重要的观念:如果我们打碎旧屋子而不建立新屋子的话,还不如不打碎。觉醒了的觉慧要去哪里呢?要是以前的大学生们,他们肯定会选择去延安,那么丁玲们的经历又该如何解释呢?中国现代文学上的一个重大问题是:我们反封建以后,要居住在哪种"屋子"里呢?《北京人在纽约》里的王启明就告诉我们:西方的文化"屋子"是住不进去的,你不可能成为一个尊重个体的西方人;而传统的"屋子"又回不去,所以你只好流浪。因此,鲁迅的问题就是娜拉走后该怎么办的问题。在《伤逝》中,"反封建""我的人生我做主",这些是可以做到的,但是一旦独立了,该如何生活?依托什么?又该如何实现自我呢?只是精神上的反封建是行不通的。中国文学史上,只有鲁迅考虑到了这个问题,对个性解放打上了问号。换言之,在中国现代思想文化中,个性解放不是中国的主要问题,中国的现代问题是个体安身立命的问题。如果人们不愿意居住在传统的文化家园中,那又该居住在一个怎样的、新的文化家园中呢?这个问题迄今没有一个人能够回答好。

精神家园与独创性

今天的社会中,人们都在追求经济效益,但是安放我们精神思想的"房子"在哪里呢?我们越追求经济效益,这个问题就越严重。近三十多年中,中国人文现代化建设在思想创造上可能没有多少进步。在这方面如果没有进步,那么中国人就谈不上幸福,因为我们的精神文化建立不了居所,就会与西方文化产生强烈的反差。比如,我在日本街道上问过一些行走着的女学生"车站在哪儿?"她们会马上领我去车站。这样的学生到处都是,这不是"学雷锋",而是人性的正常表现。人性的正常表现就是在别人有难处的时候帮助人。一个人在乎自己的利益和别人有困难时帮助他是不矛盾的,所以在国外我们到处都会发现这样的"雷锋"。可我们"学雷锋"这么多年,在国内却很难遇见这样的"雷锋",从人为的做好事到见难不帮,这都属于人为性的文化异化。如果这些根本的文化问题都解决不了的话，我们在文化上就会很贫困。要解决这个问题只有通过文化思想创造的路径来建立新的文化家园。传统的文化有轻视人情、人性、人欲的一面，我们不能仅仅延续传统文化而不去创造，我们需要用创造性的思维来解决"既尊重个人利益又突破个人利益"的原创性问题。这个时候，我们可以从文学经典中获得不同程度的启发。

海明威为什么是伟大的作家？因为在《永别了，武器》中，海明威提到了一个重要的问题：战争即杀人即罪恶。在海明威之前，俄国作家陀思妥耶夫斯基在他的代表作《罪与罚》中也提出过与杀人有关的问题。作品中的大学生杀死了一个放高利贷的老太太，在法庭上他责问法官：拿破仑杀了那么多好人，你们还说拿破仑是伟大的，我只杀了一个放高利贷的老太太，你们却说我是坏蛋、罪犯，法官你怎么解释这个悖论？我认为陀思妥耶夫斯基提出的这个问题真是惊世骇俗，我们每个人到现在都回答不好这个问题。我们都说拿破仑是一个伟人，但他杀了很多好人；而这个大学生只杀了一个放高利贷的老太太，国家机器却把他抓起来，将他绳之以法。陀思妥耶夫斯基与海明威都是突破现有政治哲学和伦理观念的作家，所以他们才能成为伟大的作家，才让我们到今天为止还回答不好他们提出的问题。

海明威的基本命题是"战争即罪恶"。诺贝尔和平奖授予的是制止任何战争的人，而不是授予制止非正义战争的人。因为每个民族对"正义"的理解都不一样。陀思妥耶夫斯基是怎么回答作品中那个大学生的问题的呢？那就是拿破仑杀了人，

第一讲 为什么要从独创性看文学经典

他成功了,他成了帝王,而大学生失败了,他什么都没得到,所以他是坏人。什么是善?善是成功者的解释,而不同成功者对善的解释是不一样的,没有绝对的善,所以这个世界是众声喧哗的世界,善是一个声调不同的大合唱,这就是复调。面对日本,中国人寸土必争,但中国人是否更应该去争用什么样的现代文化造福东方、造福世界?

还有一个问题,电视剧《蜗居》中的海萍与拆迁户老奶奶有什么区别?如果她和拆迁户老奶奶没有区别,只是在为房子而奔忙与计较,那么中国的大学教育是否是失败的?无论是海萍还是海藻,大学生毕业以后,如果只为生存,为利益,为房子,为收入,为孩子读一个理想的大学,为找一个有钱的丈夫而奔忙一辈子,我认为这就和拆迁户老奶奶没有区别了。因为大学生没有承担该承担的责任。那就是:除了忙生存利益、生存快乐、生存享受之外,还必须对中国的文化创造承担责任,在文化上能够影响那些只为生存利益而奔忙的人,哪怕是一点点的创造和承担,那才是一个合格的大学生,一个合格的知识分子。知识是有双重意义的,它可以让人有收入,也可以让人有创造力。如果有一天,我们既能让知识带给我们收入,同时又能让知识赋予我们创造力,我想建设文化家园的问题就指日可待了。

第二讲
文学性的差异：以顾城、莫言为例

顾城迷惘的原因在哪里？

从当代、现代到古代这样一个方式回溯中国文学经典，我们就会发现，整体上中国当代文学到现在为止，在经典作品的数量或质量上，还很难说赶超了现代文学，虽然莫言等作家给我们争了口气，但他们仍然有明显的局限性。

现代文化和古代文化相比又存在许多问题。若问西方学者对中国文化、中国文学的哪个阶段和什么样的作品感兴趣，他们多半会说是中国古代文化和古代文学。中国古代的"四大名著"、琴棋书画以及孔子、老子的学说……这些是西方学者感兴趣的，但是到了现代，从鸦片战争开始，中国就步入了一个以西方文化为标准进行现代化努力的阶段，这是一个到今天为止还没停止的阶段，使得中国现当代文化的独创性和文学的独创性都受到很大的影响与钳制。

第二讲　文学性的差异：以顾城、莫言为例

顾城的代表作《一代人》，其中有一句脍炙人口的名句："黑夜给了我黑色的眼睛，我却用它寻找光明。"这个作品是经典作品、好作品还是差作品？这首诗是不是反思性、反悔性、愧叹性的作品呢？如果说，这首诗提供了正能量和新的认识，那么有没有提出一个新的看待问题的视角？这首诗当然是好诗，在于传达出我们一代人甚至几代人"总是会后悔"的情感，因为我们几代人都曾用诗中黑色的眼睛寻找过光明。这个"黑色"是要打引号的，就是说时代给了你什么样的眼睛，你就用这样的眼睛去寻找光明。那么如今市场经济时代下，我们就用市场经济的眼睛去寻找光明，判断光明的标准就是富起来。

还有人说这首诗是批判性的、引导性的，批判解决不了问题，但不批判更解决不了问题。这首诗在中国当代文学研究界、文学评论界，几乎人人都说它是好诗。既然大家说到它有启示性、正能量，那么我们就看看这首诗有什么启示性和正能量。光明和黑暗，这两个耳熟能详的词语，实际上都属于政治性的概念。新中国成立后，我们看见了光明；粉碎"四人帮"后，我们看见了光明，这都是政治性的概念，是可以把它嵌入中国现实来把握和理解的，因为中国的文化主导性是由意识形态决定的，人们的举止行为是由意识形态引导的。

举例来说，老舍在新中国成立后写了部作品叫《龙须沟》，写北京解放以后，那条沟就变清澈了。但如果直面北京的发展历史，也包括去看南京或其他地方的发展历史，就会发现一个问题：以南京为例，《桨声灯影里的秦淮河》一文所描绘的秦淮河是很有审美意境的，但后来的秦淮河是怎么演变的呢？20 世纪

60年代的秦淮河是可以淘米洗菜的,到70年代只能游泳,到了八九十年代,既不能淘米洗菜也不能游泳了,它成了臭水沟。如果我们从一条"沟"的历史来看中国的整个社会主义建设,我们应该怎么样来创造文学?是写一条河变得越来越臭了,还是写一条河变得越来越清了?如果我们直面秦淮河和龙须沟变黑的历史,却写出龙须沟变得越来越清澈的文学作品,这在文学价值判断中叫从属于主流意识形态的要求来看待世界。一旦进入这样的状态,作者在创作的时候就会粉饰现实,违背自己内心对世界的真实感受,这样的作品应该算差作品。真实是文学的最基本条件。所谓"真实",就是直面现实,面对自己的真实感受。就比如首先把一条河写黑,这是真实的,绝对不能违心地创作。但老舍就是用光明和黑暗对立的思维来进行创作的,我认为这是不成功的创作。

"四人帮"粉碎之后,艾青又写过一首诗叫作《光的赞歌》,写的也是光明和黑暗,非常有名。湖北有个作家叫白桦,也写过光明和黑暗的主题,那么顾城又用光明和黑暗这两个词语来反映什么问题?在解答这个问题之前,我先提鲁迅的《小杂感》——革命、反革命、不革命。鲁迅说在中国,革命的被杀于反革命的。反革命的被杀于革命的。不革命的或当作革命的而被杀于反革命的,或当作反革命的而被杀于革命的,或并不当作什么而被杀于革命的或反革命的。也就是说,革命是混乱的,这个混乱使我们分不清究竟谁是光明的或黑暗的,这种状况在后来的中国历史上就被验证了,那就是"文化大革命"。

对于"文革",我的记忆是很深刻的。1967年我读小学,我

第二讲 文学性的差异：以顾城、莫言为例

父亲就戴过高帽子游街，他戴高帽子的唯一理由就是家里有七分地。那个年代，我父亲被划的成分是摘帽地主，但是也要挨批斗。后来他加入了革命的军队，又成为革命的了，然后又去斗另外一批当初斗他们的人，那批人又被戴上了高帽子。所以有人说"文革"就是"闹剧"，是"窝里斗"。在这样一个"窝里斗"中，革命的、不革命的我们是分不清的，非常混乱。中国固有的太极文化是彼此缠绕的，根本没有边界。我认为中国的文化是不适合用西方理论、思想观念来直接介入我们的现实，并且来解决我们的问题的。西方的二元对立思维，是有边界的，学术与非学术、学术与政治是有边界的，非常清楚。但中国的太极文化是没有边界的，就比如在光明与黑暗的问题上，我们就划不出边界，其结果就是光明中有黑暗，黑暗中有光明。

顾城诗中的光明和黑暗这两个词语，实际上是用政治性的眼光遮蔽了文化性的眼光。从文化这个角度来说，革命、反革命、不革命都存在于中国文化中。我们常常说鲁迅在中国作家中比其他作家更深刻，因为他不是从政治角度来看问题的，而莫言为什么获诺贝尔文学奖，也是因为莫言从人性角度看问题。请注意，现代性最重要的一点是什么？是尊重人性、人情、人欲，用人性、人情、人欲的眼光看政治，然后穿越政治。故宫代表的就是多数中国人奋斗一生的结构。穿过天安门，里面是三大殿，那是功名利禄的意识场所，很辉煌。再往后是寝宫，寝宫之后是御花园，这是玩乐的场所。多数中国人追求功名利禄，最后的结果是什么？"玩"！所以很多人的幸福观是享乐。

用政治性眼光遮蔽文化性眼光导致的结果，就是在文学

性、艺术性上的肤浅。如果看问题没有通过政治走向文化,就很难深刻。"黑夜给了我黑色的眼睛"中的"给"这个字有没有问题?黑夜给我黑色的眼睛,若是给红色的眼睛呢?也就是说,给什么眼睛就用什么去寻找光明,这反映出我们被动的、依附的思维方式,依附时代、依附家乡、依附学校都是一回事,在依附的状态下我们永远不会是独立的个体,但《一代人》没有涉及这个问题。

19世纪的俄国产生了一批大作家,普希金、陀思妥耶夫斯基、托尔斯泰、屠格涅夫、果戈理、契诃夫等,还有著名文学批评家别林斯基、车尔尼雪夫斯基等。19世纪的俄国处于沙皇专制时期。这批伟大的世界级作家在沙皇专制时期,他们用什么样的眼睛寻找光明?难道他们用沙皇"给"的眼睛?如果这样理解,就是用沙皇的意识形态去看待世界,那还能有这些伟大作家的诞生吗?

不管在什么样的时代背景下,我们都要有自己的"眼光"。我尊重时代给我的眼睛,因为中国文化是整体性的:"文革"时强调无产阶级革命,强调阶级斗争,可以尊重这一点,但也可以对无产阶级专政有自己的看法和理解,这个看法和理解就是自己的眼光。那个时代思想界只有一个人做到了,那就是顾准,他在那个时代不依附于意识形态,他坚持研究古希腊哲学自由、民主、平等这套理论,甚至后来妻子被迫与他离婚,五个子女远离他而去,他依然没有放弃。十几年前,顾准成为中国思想界的一个热门话题,因为他能在"文革"的环境下坚持独立思考,拥有自己的"眼光"。在中国当代史还有一位英雄——

第二讲 文学性的差异:以顾城、莫言为例

张志新,她坚持了自己的眼光,结果被"四人帮"抓了,受尽了各种折磨后身亡。这两个人都坚持了自己的眼光,没有和我们一样盲从。他们是独立的个体,而独立的个体不受时代所左右。像这样的人,不管他们身处的时代有着怎么样的意识形态,他们都有自己的看法,这样的人写出的作品,随时都可能成为经典,因为他们有着与19世纪那些伟大的俄国作家们一样的精神。

"黑夜给了我黑色的眼睛",体现了"我"对时代眼光的尊重,因为我们和整个时代是休戚与共的,我们离不开时代,时代也离不开每个人的参与。但接下来的这句话该怎么写呢?至少我们不一定正面地写"用眼光去穿越黑夜",但是可以把这个问题揭示出来。如果让我来写,我会把下半句话改成"怎能用它来寻找光明?"用什么来寻找光明还没有确定的答案,但肯定不是黑夜给我的东西,而文学是允许有这样模糊的答案的。按着这个道理类推,无论今天这个时代给了我们什么,我们都不能简单地用它去寻找光明,按着这个路径找寻到的东西,很难有我们自己的理解。

《泰坦尼克号》和《钢铁是怎样炼成的》这两部作品中,不知人们更欣赏杰克还是保尔?如果保尔活到今天,他会不会后悔?他把他的女朋友归为资产阶级,他认为吃、喝、玩都是资产阶级的,是低级趣味的,对此坚决杜绝。如果他生活在今天的市场经济环境下,会不会后悔呢?我认为他是很有可能会后悔的,因为保尔对共产主义理念缺乏自己的理解,所以他是要跟着时代去反思及后悔的。保尔为了共产主义事业牺牲,杰克又为什么牺

牲？是爱情。有时候我常常想，一个花花公子似的赌徒，连船票都是赌来的人，怎么会有爱情，而且还产生了那么惊心动魄的爱情。因为爱情是可以把握的，所谓"把握"就是经过自己思考并做出选择。"可把握"的牺牲"我"永远不会后悔，"不可把握"的牺牲"我"就会跟随时代去反思及后悔。所以，我们会反思一个时代的问题，但是不会反思爱情的问题，因为我们可以把握爱情。一个真正在爱中的人，绝对不会说"我怎么会瞎了眼找到你""你骗我"之类的话，如果说出这些话说明根本没有爱过，或者不会爱。爱是不可能后悔的，只有想"得到"一个人并一直"占有"他才会后悔，爱绝对不是"得到"，也不是"占有"。《大长今》中闵政浩和中宗皇帝谈话，闵政浩就说他爱长今的方式是让她做她想做的事，也就是帮长今进行自我实现。中宗皇帝因为想把长今纳入后宫而惭愧，因为那是占有，所以他最后放弃了，他在闵政浩的爱面前自惭形秽。我觉得闵政浩的爱对中国人是有启发的，我们常常用"得到"和"失去"的思维来对待爱情问题，这不是爱情，那属于快感领域而不属于审美领域。审美是自我消失而觉得幸福、沉醉，能清楚地体会到自己得到的是快乐。在顾城的诗中，"寻找"同样是选择现存观念和事物的一种方式。十月革命的一声炮响给我们带来了马克思主义，我们找到了马克思主义的道路，整个现代化中我们又找到了西方市场经济、民主自由的道路，但那是中国人应该持有的真理吗？

孔子、老子的哲学思想是真正的中国创造，我们由此建立了中国古代的文明思想和精神家园：儒家和道家。中国古人在这样的互补家园里生活得安逸、稳定、宁静。我们的现代化之所以

第二讲　文学性的差异：以顾城、莫言为例

是被动的，是因为这样一种安逸的生活无力对抗西方的经济、军事和文化的侵略，我们在历史上也一直难以对抗外族的侵略，所以自足性生活最大的问题是缺乏强大的生命力和创造张力，这是我反思中国传统文化问题的核心内容。近代中国没有力量来对抗强权侵略，与儒道文化有必然关系。我信仰的中国现代文化应该具有温和的外表，但是内里却有着强大的力度，仿佛气功一样，表面上看不出来，但内在的强度是相当大的，这一点在《大长今》中表现得比较充分。长今是一个温柔但非常坚定、有力量的人。众人都不理解她时，她依然坚持，那种"不顺从"的力量是一种强大的生命力。

短短几十年间，我们把西方近代的理性主义、非理性主义以及后现代思想都学了一遍，今天的中国人找到精神家园了吗？应该没有。我们有没有那么一个能够穿越利益诱惑又充满创造性的精神家园？应该说还没有。我们古代的精神家园就是淡泊欲望、节制欲望所带来的安守本分和仙风道骨，这既没能正常地对待追求欲望的问题，也没能穿越欲望和利益创造另一个世界，就连关心天下，关心的也还是大多数人的吃饭穿衣问题。那么，我们现在靠什么来对待这个所谓的物欲横流的社会？我曾在西藏和一个开餐馆的西藏人聊天，我发现他做生意不看重东西有没有卖出去，他的兴奋点似乎不在于生意好不好，心态非常平和，开店是为了享受一种宁静的幸福的状态，生意只是他宁静生活的一种点缀。这种有信仰的幸福状态当然是我们汉民族很难领会的。藏人可以为了朝拜一整年都走在路上，对于这样一个民族，要用思想和信念的方式去对待，但我们很难和他们进行深

层的交流。我们把所有的西方思想都找到了,那还在找什么呢?用"找"的方式能解决我们安身立命的问题吗?我的结论是:寻找是轻松的,但也很容易抛弃寻找来的东西。安身立命的精神和思想文化是永远不会被抛弃的。

回过头来再去评论顾城的这首诗。这首诗是经典文学、好文学还是一般文学?这中间该怎么定位?如果寻找来的任何东西都是建筑我们自己精神家园的材料,那么关键就在于怎么去设计一个建筑结构。这个结构要靠我们自己来建造,在其他地方是找不到的。儒、释、道正好是中国文化的循环结构,这是中国人自己建立的。《泰坦尼克号》中的露丝最开始出场时非常安详,安详的原因在于"泰坦尼克号"上这惊人的一夜在她一生中是独特的,是她自己创造出的。一个人若有自己独特创造出的理念、结构、经历和行为,他的人生绝对会非常安详、充实,无论是失败、穷困,他都不会太在意,凡·高也是如此。我们为什么做不了凡·高?那是因为我们没有凡·高自己创造出的那样一个向日葵的世界,一个蓬勃生命在燃烧开放的世界,那个世界是凡·高在他的时代所创造出的独一无二的存在。因此,真正的光明不是寻找的,而是自己创造的。

顾城的这首诗,我认为是一首好诗,因为它反映出一代人对过去时代的反思和后悔,这种情绪非常真切。但这首诗还没能够打开一个新的窗口,给出让我们不会事后反思的方法,这一点上,顾城还没有提出一个创造性的方法。如果我们不去面对和解决这个问题,以后我们还是会跟着时代去反思及后悔。因此,顾城的这首诗是一首好诗,但还可以写得更好。所谓"更好",

第二讲 文学性的差异：以顾城、莫言为例

是用古今中外优秀作品能给人以启示和震撼作为标准，比如陀思妥耶夫斯基的《罪与罚》、海明威的《永别了，武器》。这样反过来验证了顾城是一个感伤的诗人，而不是一个真正对盲从问题有个体化理解的思想者，所以我认为他还不是一流作家。

个人对世界有一个独特的理解，然后以此作为自己的信念，在这一点上，我觉得可以提一下米兰·昆德拉的《不能承受的生命之轻》。这部小说在"轻"和"重"之间有许多哲学的意味，对我们绝对是有启发的。小说中的女主人公萨宾娜，她的人生信念是不断否定过去的情感，并不断有新的情感体验，这意味着她一生中有很多情人。最后，当她一个人面对墓地的时候，她觉得星空下的墓地非常美丽，这太奇异了。只有很充实、安宁的人才会有这样的体验和感觉。她什么也没有，没有家庭，没有孩子，也没有丈夫，这是中国人一般不能接受的人生。萨宾娜绝对不空虚，人生如此走下去，她根本没有后悔。请注意，后悔就意味着一件事其实没有什么意义。工作也好，情感也好，如果不后悔个人的选择，它必然蕴含着一个人对世界的一种价值性的理解。萨宾娜唯一的愿望是她死后墓地上不要压着一块石头，她不希望别人用一块石头来祭奠她，因为这会让她感觉到压抑，从而影响她的新的情感体验。萨宾娜的这种人生态度在某种意义上就是西方的流浪者意象。

《泰坦尼克号》中的杰克是这样的，《廊桥遗梦》中的罗伯特也是这样的。罗伯特是个流浪者，在流浪中和女主人公发生了一夜情，然后第二天就走了。西方"垮掉的一代"的代表作——杰克·凯鲁亚克的《在路上》也反映了西方文化这样的价值取

向。中国人的"在路上",一般是准备往家走的,或只是出去兜一圈,离开家后就开始想家了,而西方人的"在路上"是离开家,所以西方文化在这一方面和我们的文化不一样。西方文化是一个不断超越的文化,这个不断超越使得它尽管非常看重个体权利和个体利益,但是又可以随时超越利益。我认为中国人今天的文化问题就是要建立一种怎样的理解和信念,能使我们不在乎利益。

我一直都在试图思考和解决"中国式超越"这个问题,我做这个问题的理论探索已经有三十几年了,我还在读研究生的时候,就确立了这样一种信念:要建立自己的理论、美学、哲学、伦理学,也包括文学观,然后由此为中国人建立自己的美学、哲学、伦理学、文学观做一点努力。只有每个人都做这样的努力,中国人才可能实现中国文化的现代化。仅仅有儒家、道家这些传统文化的复兴是不够的,因为这些传统文化对个体的生命力和创造力的尊重还不够。

莫言、金庸怎样理解中国人？

在整个中国当代文学中能称为经典的，莫言的《红高粱》可算作其中之一。电影《红高粱》中，我觉得张艺谋对作品已经做了很大的改动，严格来说已经不能算是莫言的作品了。我觉得没看过《红高粱》小说的人都应该去看一下。在整个新时期文学中，我评价最高的就是莫言的《红高粱》，当然不是莫言的所有作品。应该说，莫言获得诺贝尔文学奖是实至名归的，但我始终为村上春树感到遗憾，虽然村上春树在评选诺贝尔文学奖的过程中输了，但从整体上来看，我认为村上春树的独创性更强。

先说说莫言的《红高粱》。一个作家的长相其实和他的作品是有关系的。十几年前，我在北京鲁迅文学院遇到过莫言，但没有交谈。那个时候莫言已经写出了《红高粱》，我觉得他长得有点像"土匪"，所以印象比较深。反之，我很少看到一个长相漂亮的作家能写出有强大的生命力的作品，当然这是开玩笑的说法。就拿琼瑶和三毛来说，二十多年前《文学报》的曹晓鸣推荐我看三毛的《撒哈拉的故事》，看了以后我也觉得不错。有一次三毛到上海访问，曹晓鸣见到她时有些失望，她觉得三毛长得不好看。我觉得只有像莫言这种"土匪"一样的人才能写出非常美的意象。三毛长得不算好看，所以作品写得就很纯美。莫言最早的一部成名作叫《透明的红萝卜》，作品有着非常清澈美丽的意象。一个小黑孩成天躲在桥洞里面过夜，没有父母，没有家人，白天他愣头愣脑地在工地上把刚淬好的钢锭抓在手里，钢锭滋滋地冒烟他也不知道放下来。这个小黑孩还在田里挖红萝卜，挖到之后随手一扔，红萝卜就以抛物线的形态掉进了清澈的池塘里。我想这种清纯的意象就是莫言童年审美之梦的写照，所以莫言骨子里有非常美丽单纯的意象。

我们再来比较一下琼瑶和金庸笔下的人物，就拿还珠格格和韦小宝来说，这两个人性格上的差异在于还珠格格"任性"，韦小宝"任意"，一字之差决定一个人是否有独立的品质。还珠格格是依附于人的，韦小宝是独立的。还珠格格出了皇宫就倒霉，而韦小宝在宫廷中做了很大的官，最后却带着七个老婆逃走了，好像没有什么能约束他。韦小宝花心吗？我认为金庸写韦小宝时加了一种现代意识：韦小宝晚上掷色子决定和谁睡觉，这是原始公平。他出生在妓院，活在社会底层，却从没有嫖过娼，这是很多中国文人士大夫都做不到的。花心的人一般不会把喜欢的人娶回家做老婆，韦小宝的这种特质不容易概括，这也就是金庸独创性的内容。在我看来韦小宝是一个正常的人，正

第二讲 文学性的差异：以顾城、莫言为例

常的人喜欢女性而不喜欢权力，疼爱尊重女性而不会占有轻视女性，喜欢随处是家而不会被地位、权力、金钱所累，所以我认为韦小宝比很多中国知识分子都正常而且干净。

莫言的《红高粱》在中国当代文学史上有很大的贡献，在这部作品中我们能看到成人的深邃与孩童的天真的有机结合，构成了一个独特的美学，叫"稚拙"。在《红高粱》中，一老一少并肩向高粱地走去，这是莫言看待世界的眼光、视角，也是一种结构。莫言在作品里把八路军写成了抢东西的人，这是把八路军当人来写。我们以往写八路军时都有一个政治性的概念——八路军绝对不能有私心杂念，而且以往中国战争题材的作品都是这样一种模式，只有敌人才吃喝玩乐，正面人物是不吃喝玩乐的。莫言写狗，把它写得很丰富，狗有时候是疯狗，疯到什么程度呢？一个叫王文义的游击队员被狗群围住了，等狗群散开的时候地上是一堆白骨。但是同样是这群狗，它们却在阳光下、墙脚下眯着眼回忆自己的往事。莫言的另一部小说《狗道》里有一个情节：狗与八路军产生冲突的时候，八路军用手榴弹去炸狗。莫言这样写道："狗在吼叫中甚至会埋怨人类使用了不狗道的新式武器（手榴弹）。"莫言把人和世界都理解为一个对等的结构，他从来没有一个政治性的高低判断，所以莫言笔下的形象都很复杂、丰满。以往的作家写抗战题材都是很严峻和血腥的，但是在莫言的视角下，"我"和"我爷爷"去打日寇，"我"仿佛觉得自己是去捉螃蟹，觉得很好玩。战争的严酷性似乎在表面上被莫言弱化处理了，但实际上他把这种严酷性表现得更加深刻：罗汉大爷被日本人抓住，耳朵被割去，头部显得非常简

洁,被割掉的耳朵在盘子里扑通扑通地跳。还有什么比这个细节更能表现出中华民族不死的生命力的? 我认为这写得非常有力量! 有时候一个细节反而比一个很长的情节更让人震撼。很可惜,这样的一些细节在张艺谋的电影中没有体现出来,所以看电影不能代替看小说。"人"在莫言笔下第一次被理解为既是英雄也是王八蛋,任何人都不例外,甚至"人"化了的疯狗也不例外。

我的一个师兄出生于湘西,他告诉我湘西出了很多土匪,这些土匪平时就种田种地,有富人来了就劫富济贫,他们尽管抢东西,但都是有底线的,也是有信念的。这些土匪像是希腊神话中为了海伦就可以发起战争的古希腊人。在一般观念中,"小我"是要从属"大我"的,爱情是随时可以被牺牲的,更多时候爱情成了我们享乐的工具,因此很多人就以谈恋爱为名目,得到对方后又抛弃对方。《红高粱》里的"我爷爷"和"我奶奶"对爱情是忠贞不屈的,他们对爱情是认真的,这是真正的爱情。那么能不能说只有真正复杂的丰富的人才会拥有单纯的执着的爱呢? 而被儒道文化所塑造的人反而没有了这种单纯和执着? 这个问题可以延伸开来去思考。

这样,我们就可以得出结论:真正的好作品提出了独特的问题而让我们又回答不好,这就是启示而不是观念的教化。

穿越文化观念的
文学经典

第三讲

《挪威的森林》:
村上春树如何理解个体价值?

爱情、亲情都不能考虑"得到"

"占有"作为一种哲学,是"得到"和"失去"的考虑,是功利思维的考量,无论是得到什么。但"得到"和爱情无关,你得到一个人的同时,这个人可能在爱着另一个人。所以,一对不幸福的夫妻,如果女方的父母问她"你和你的丈夫过得怎么样?"妻子很可能说:"他对我很好。"但是,她的内心可能在哭泣。爱情与对一个人好或是不好是没关系的,一个人即使没爱也可以对另一个人很好。影视作品《蜗居》中,宋思明与海藻之间其实不是爱情,宋思明就是喜欢拿海藻来炫耀,更多的是一种性爱,而且他从来没有为海藻设身处地地着想过,如果为海藻着想的话,就不会带她去参加同学聚会,就不会让她离开小贝。因为宋思明不能和海藻结婚,他没有理由让她离开小贝。宋思明对海藻是占有,一个有占有想法的人才会让其离开另一个人。其实在

第三讲 《挪威的森林》：村上春树如何理解个体价值？

一般意义上，宋思明对海藻很好，给她房子、钱、山珍海味，什么都可以做到，但是最后海萍问海藻"你究竟爱宋思明什么？"海藻回答不出来。对方对你再好，给你再多物质的东西，你也不一定会产生真正的爱情，因为你无法判断你们之间的关系是否只靠物质来支撑。物质的东西可以一夜之间全部远离你，然后你就一无所有了。爱情就不是这样的，爱情不是以东西多少为前提的，即便什么都没有，它也刻骨铭心，所以我认为在《蜗居》中，对于小贝和海藻的关系，导演没有很好地去挖掘，这是一个很大的遗憾。

话说回来，如果爱情不等于性，它只是对性的一种改造，那么能改造成什么样呢？或者成为蓬勃的火焰，或者成为柏拉图式的爱情？关于蓬勃火焰式的爱情，大家可以看苏菲·玛索的代表作——《心火》。在《心火》中，女主人公最后和男主人公又在一起了，他们在一起时的性爱非常完美，像一团燃烧的火焰，蓬勃旺盛，这是爱情带来的性爱体验，不是一般性爱能产生的。在一般的性爱中，身体的快乐占主导性，但是在爱情中的性爱，它特别美丽，特别激荡人心。经常看西方电影的人会发现，男女主人公之间的性关系如火如荼，绝对不是中国电影里以身体痛苦、快乐、羞涩为主导的性体验。西方还有一部作品，最能充分地反映出这种燃烧的爱情，那就是美国作家亨利·米勒的《北回归线》。当然，如果大家觉得这部作品有点后现代主义，还可以看看《查泰莱夫人的情人》，在性爱、爱情的意义上，我们可以很好地欣赏这部作品，其中的性是非常健康美丽的。请注意，把性写得健康、自然、美丽或者像火焰一样燃烧，这都属于爱情生活,因为这对性做了改造。

在《挪威的森林》中,当渡边和直子或绿子在一起的时候,他都非常纯净,不受性冲动支配。如果他受性冲动支配,当他和直子散步的时候就会想抱她,想和她有身体上的接触,但是渡边和直子在一起时从来没有过这些行为。而且我佩服渡边的是,他陪了绿子一夜,但一直坐在绿子身边,看着绿子睡着了,一夜都没有碰她,这也是非常纯净的。渡边为什么能做到?那是因为性已经成为渡边自己的东西,与爱情无关。性就是性本能,自己可以解决的事情,不一定要以爱情的名义来得到它,满足它。所以,渡边宁愿和永泽去逛夜店找小姐,或者在宿舍和同学一起自慰,也不会在爱情里面受性欲的支配。

我觉得日本人在这一方面特别奇特。我曾经在日本神户的大街上闲逛,发现日本有很多卖性玩具的商店,而逛这种商店的大学生特别多,我看完这本小说之后才明白,他们为什么喜欢逛这样的商店。因为这可以让他们在爱上一个人的时候变得非常严肃、纯洁。日本人为什么会做到这一点?那是因为在明治维新后,日本已经逐渐脱离了中国儒家文化中的宋明理学思想,而这种思想最突出的特点就是天人合一。在日本近代哲学史上,天人是分离的,人道不同于天道,所以艺术不同于政治、伦理,美和爱情也不同于性与本能,哲学上他们的这样一种变异,是对中国儒家文化的改造。当我们谈到中国儒学与日本的关系时,绝对不能仅仅停留在中国大唐文化影响日本、韩国这样一种浮泛的层次,那是不了解日本、韩国实际思想演变情况所致。事实上,韩国电影《太极旗飘扬》也对中国儒家文化做了很重要的改

第三讲 《挪威的森林》：村上春树如何理解个体价值？

造。中国儒家文化强调亲情、爱情要服从国家利益，要服从革命需要，是可以随时牺牲的。"小我"从属"大我"，这是儒家文化的思路，叫"修齐治平"，但是《太极旗飘扬》却传达了一个重要的思想：亲情高于国家利益。后来我想想，这里传达的思想有它的政治哲学含义：如果朝鲜南北双方都把亲情作为国家的最高利益，那么它们还会成为两个国家么？在这部影片中，朝鲜战争爆发了，哥哥和弟弟都被抓了壮丁，然后一路上哥哥和弟弟都在反抗，想逃跑却跑不掉，只好进入部队打仗，哥哥表现得非常英勇，他只是想让弟弟早点回家。最后，在一次战役中，他为了保护弟弟，背叛了韩国，到朝鲜去了。这个时候，哥哥对于韩国来说是个叛徒，但是观众几乎都不会觉得他是个叛徒，反而被他感动了。非常具有戏剧性的是，在影片的最后，哥哥在朝鲜部队里面当重机枪手，在扫射韩国部队的时候，发现其中有他的弟弟。他调转枪口，又攻击朝鲜部队，结果被朝鲜部队乱枪扫死。影片开始是一支考古队发现了一片遗骸，考古队队员打电话给在战争中存活下来且已经变成老人的弟弟。弟弟去现场辨认，摸着尸骨流泪了。在这部影片中，叛徒第一次让我们觉得他不是叛徒，反而被他守护亲情的行为打动了，这是很具有独创性的构思。此外，在国家和个人的情感之间，哥哥把个人情感看得比国家利益还要高，完全是为了亲情在奉献自己，哪怕反复做叛徒。我们从另一个角度来看，重视个人情感，重视亲情，不正是最高的国家职能吗？因为国家无论是重视军事力量还是经济实力，都是在保护老百姓，而老百姓最重要的生活内容不就是亲情和爱情吗？

韩国《冬季恋歌》这部电视剧让中国人对爱情也有了反思：爱不应以被爱为前提,爱的目的不是"得到"。韩剧的情节特别烦琐,相奕明明知道惟珍不爱自己,却始终不放弃。我认为,爱情不是以得到对方的芳心、身体为终极目标的,爱情最本质的东西是为了对方而奉献及牺牲,而且觉得很幸福,是绝对为对方去着想。所以,当一个人不能爱你,或者你得不到对方的时候,你依然可以爱着对方。爱情是无私的,我们如果不理解这种意义上的爱情,那我们的爱情基本都是性爱层面上的,是以"得到"和"失去"为衡量标准的。因此,我们对性本能的超越性就显得很贫乏,也就缺乏真正的爱情来启示中国人的精神文化家园建设。

《挪威的森林》里,直子与木月感情深厚,却一直没有性爱,原因就在于他们把性改造了,直子记不起性本能这些东西,也就是说她和木月的灵魂高度契合,把性本能的东西遮蔽了。他们曾经努力过,但始终不能突破这种遮蔽。为对方着想的那个意念,远远大于对对方的性冲动,这就不可能有真正的性爱。越是深爱一个人,在性爱方面反而越困难,所以爱情不会必然带来性,这是村上春树告诉我们的,我也很认同这种观念。不过,后来在直子生日的时候,她和渡边有过一次性爱,这唯一的一次为什么会发生？那是因为直子的身心突然有了一种激荡,感觉到身体有了反应,然后她才愿意和渡边发生性爱。女性在产生性爱行为时,往往是先产生性体验,等身心有了反应,然后才愿意有性行为。但是自那次以后,直子再也没有这样的体验了,哪怕是她住在精神病医院的时候,渡边来看她,他们在月光下相互抚摸,也没有产生那样的感觉。所以直子很可怜,她老是向玲子诉

第三讲 《挪威的森林》：村上春树如何理解个体价值？

说她唯一的一次很快乐的性爱，老是忧虑地说为什么就再也没有了呢。

这时我们都应该思考，人的性和动物的性的区别在于：人的性必须先有体内的激荡体验，然后才有性行为，而不是由性行为来带动体验。所以，它不是有了第一次就有第二次、第三次的。人的性是高质量的存在状态，但这个状态不是由爱情带来的，也不是由性行为带来的，是由不确定的生命状态突然产生的，属于一种很难把握的不确定的生命体验，倏忽而来，倏忽而去，这是村上春树的理解。直子坚持的就是这种体验，而这种体验很难有规律，所以又让直子困惑。性本能是有规律的，性体验是没有规律的，直子在这个方面非常执拗，让人感到是一种病态。但是我们放大来看，人是不是应该这样生活呢？今天我们要产生性行为也很容易，但是人的性和所有动物的性的区别，就在于体验先于行为的神圣性。对于这个问题，中国作家基本没有考虑过。通过村上春树的作品可得出的哲学结论就是：人是体验生命的动物，而不是靠行为和本能支撑的动物。我们以往普遍认为，性的行为会决定一个人以后不断有性，而且爱情必须带来性，否则就是不爱对方，但是村上春树的作品对此提出了挑战，尽管这可能对人的要求比较高。人类发展到今天，我们经历过传统意义上的爱情观，也经历过现代、后现代的性爱观，今天更有"一夜情"的性爱观，那么人类究竟怎么样才能过上更理想的生活？目前还没有明确的答案。我觉得村上春树的作品在这方面给我们提供了很独特的思路。如果我们站在常人的角度，当然会觉得直子有病，因为我们本身在病中，才会把正常人看成病人。就像我们所有人提到尼采,都会说"这个疯子",那是因为他太伟大、太杰出了。我们当年看凡·高也是如此,觉得他是疯子,是一个有病的老头。毫无疑问,凡·高肯定是有抑郁症的,但是他创造了一个时代,整个现代主义艺术都是凡·高开辟的。西方把凡·高视为整个现代主义艺术的鼻祖,而小说现代主义的鼻祖是陀思妥耶夫斯基。

没有爱人、亲人和朋友，一个人靠什么快乐？

村上春树说，相比较直子，他可能更喜欢绿子。在作品里，读者不会觉得绿子是病态的，相反觉得她非常健康，像个活蹦乱跳的小松鼠一样，健康极了。和直子截然相反的是，通过绿子这个形象，村上春树要讨论的是：我们如果离开亲情、友情，还能依靠什么？我觉得这对中国读者来说很重要。如果我们不依赖家庭，也没有朋友，而且要过得快乐，那么我们依靠什么？现代日本青年人崇尚的是个体孤独。一方面，日本近现代化改造了儒家文化以后，人道与天道、艺术与政治伦理实现了分离，在个人与社会群体的关系上，必然强调个体，强调个体本质上的孤独；另一方面，日本人的生命力会放大、变强，而生命力充分展开后又会形成一个高度秩序化的世界。高度秩序使整体社会像个刻板的机器，但这也是一种文化创造，这是以承认每个个体的积极性、主动性、创造性为前提的"微缩的世界"。有时候我会觉得奇怪,崇尚孤独的现代日本人怎么会形成整体性的力量,他们究竟是怎么组合起来的?因为对于多数中国人来说,一旦强调个体就会很散漫,而一旦强调集体,个体意义却又没有了。日本文化结构是十分有意思的,白天高度秩序、高度严谨,晚上却很放纵。一个大学教授在街边醉倒,这是完全正常的,而且他还可能跑了一家酒吧又跑另一家。我和日本的大学教授喝过酒,喝完酒我已经醒不过来了,但是他还会继续喝。为什么我不觉得日本人变态,是因为高度放纵和高度秩序形成了平衡。放纵对于日本人来说是高度秩序化、高度压抑下的放松。日本人唯有通过变态的放松才能宣泄高度一致带来的紧张和压抑,包括性,都是放松的方式。但是日本人对爱情不放松,他们对爱情是很认真的。

　　绿子有个家,但这个家形同虚设。母亲早就去世了,只剩父亲,但父亲对她不闻不问。母亲去世后,父亲非常伤心,伤心到对女儿说:"我十分懊悔,真不如叫你们两个替你妈死算了。"一个父亲再爱自己的伴侣也不能说这样的话,他根本不把绿子当一回事,就像她不存在一样。相反,绿子还要经常回去做饭,父亲住院了,她还要伺候父亲,渡边有时候也一起帮忙。绿子有个姐姐,但她姐姐只关心自己的丈夫,关心自己的小家庭,对绿子也不闻不问,这意味着什么?村上春树的作品暗示了一种现象:现代的日本人个体上已经不依赖家庭了,家庭是形同虚设的存在。我认为,这种现象一方面有被动性,另一方面却也有主动性,家庭就应该是形同虚设的,虚设在哪里?我问过一个日本女

第三讲 《挪威的森林》：村上春树如何理解个体价值？

大学生，她出生在一个很有钱的家庭，但她自己打工挣生活费，这就是日本式的经济独立，绝对是个体的，突破家庭的，父母从来不会在金钱上宠爱孩子。我想起了十几年前，《中国教育报》登过的一则消息，中日儿童共同参与夏令营，中国孩子在其间受了点苦，生了点小毛病，家长就赶紧把孩子接回去；而日本孩子生病时，没有家长出场，然后孩子们就坚持下来了。所以说，日本孩子在各个方面经受吃苦耐劳的锻炼，这实际上是一种不屈服的生命力的表现。

神户大学在山上，大部分学生，不论是有钱的还是没钱的，都是走路上山，而且至少要走半个小时，他们的老师也是这样。我在神户大学的直观感受是，节假日或是下午四点半以后，校园里几乎没有人，只有球场上有些学生，而其他学生都打工去了，这叫"不限于家庭"。我认为中国人要考虑这个问题，我们太依赖家庭。我们的学生一有空闲多是往家跑。

《挪威的森林》里，绿子没有一个朋友，只有一个小书店，而且随时可能关门。有时候她在学校碰到渡边，就打个招呼，说几句话。学校对于她来说和在书店时差不多，一个不依赖家庭的人，可能也不依赖学校。一个什么都不依赖的人，却过得很开心。绿子的梦想就是买一个煎鸡蛋的平底锅，她的父亲连买平底锅的钱都不愿意给她，她只好自己买，所以让绿子最开心的就是用这个锅给渡边做饭、喝酒、守着书店，一天到晚不亦乐乎，学位看起来对她也不重要。渡边受到绿子的感染，也喜欢她，因为绿子阳光极了。我想一个人要是和直子待久了，遇见绿子也会很喜欢她，因为绿子和直子两个人的反差太大了。绿子对只依靠自己生存的情况毫不在意,但她对自己喜欢的事物却很专心、投入,一直快乐地活着。自己煎鸡蛋、买锅、喝酒,没钱就没钱,自己去赚,哪怕家庭和父亲形同虚设也没关系。其实,如果我们把对生存的依赖感放到最低限度,而且又有使自己快乐的事情,我们就会感到平衡了。我们很多人之所以觉得一旦没有了依靠就很累很沮丧,那是因为没有自己喜欢做的事,而且不会投入,总是在分散精力。

小学四年级的时候我就学会了卖破铜烂铁,第一次一共卖了四毛五分钱,我就给我的外祖母。我觉得人生没有捡过破铜烂铁是不完整的,家里再怎么有钱都应该去试试,然后他就会知道怎么去花钱了。我们应该学会不那么看重生存享受,但是很多年轻人都做不到。我认为,刺身、山珍海味和红烧肉、青菜豆腐都是同等价值的,千万不要认为有什么不同。其实所有的菜的价值都是一样的,各有利弊,最好的饮食是对不同菜的体验,这就是自然。如果都以山珍海味为标准,那就是为物所累了,这叫"不自然"。

"自然"在这个世界上是没有标准的,它是一个非常丰富的概念。做自己喜欢的事情就有几层含义:一是它会使人感到很快乐。一个人做的这件事很快乐但是工资不高,这时工资收入就变得不那么重要了,因为他是快乐的。二是只有自己喜欢的事情,他才有创造,才有成就;无论是生活上还是事业上,只有喜欢的事,他才会投入,才会钻研琢磨,才会有收获。三是只有喜欢的事才能摆脱任何束缚和依靠,才会不在意没有依靠的生存状况。所以,绿子和渡边在一起,她不知道两人之间属于什么关

第三讲 《挪威的森林》：村上春树如何理解个体价值？

系，但她只是觉得和他在一起时很开心，很聊得来，愿意为他做饭，一起喝酒，就是这么自然，不为得到任何东西。

一般人喜欢独处吗？你会选择寂寞还是孤独？孤独是一种什么样的状态？有时候人越多一个人却越孤独。寂寞是有人出场他就不寂寞了，这在人格上是依附性的，而孤独是个体独立的，由此就可以看出《挪威的森林》所蕴藏的丰富含义了。直子考虑的是爱情、性，渡边曾试图通过婚姻来拯救直子，但是直子始终没有接受。她始终坚持体内的激荡体验，这成为她的一个心病，与婚姻无关。而绿子无论怎么生存都像是一只快乐的小松鼠，没有朋友她依旧快乐，因为她有自己喜欢的事。绿子的内心世界非常强大，生存能力和生命力也很强。所以，一个人做自己喜欢的事就能做大做强，财富不是在挣钱的过程中得到的，而是在根本不在意财富能否增多时，它突然来到了身边。

毕加索也很幸运，他在活着的时候通过创造变形抽象的绘画成为艺术界的首富，赚到了很多钱，因为他的绘画太奇特了。如果凡·高有子孙的话，那么他们现在应该都是富翁，因为凡·高的作品在世界艺术品拍卖市场上的价值是最高的。所以，得到和失去是一样多的，凡·高活着的时候什么也没有得到，但他死后却得到了所有人得不到的东西。我们活着的时候什么都想得到，所以在历史上什么也留不下来。很多人都想活得快乐，他还会去管死后的事吗？如果中国人都这么想，那么这个民族就衰落了，如果只想活得快乐，那么这个国家是不经打的，这个民族中只剩下及时行乐的人。

看了《挪威的森林》，我们去理解村上春树时就一定要知道一个"三角关系",直子、绿子、渡边这个三角关系是非常重要的。每个人的世界观应该是三元世界观,我们的存在价值就是在对二元世界观的突破、批判中诞生的,我们的独创性也是在对二元世界观的反思中得到的。今天的中国文化要有自己的创造,就必须对中国和西方文化同时进行反思和批判改造,无论是日本还是韩国,他们现在都在对此做努力,这值得我们学习。

渡边为什么始终是孤独的？

《挪威的森林》里渡边考虑的是什么问题呢？小说一开始，渡边一个人坐在飞机场，他为什么是一个人？小说的最后，渡边跟绿子打电话，绿子问渡边在哪里，渡边没有回答，因为他不知道自己在哪里。所以文中写道："我在哪里也不是的场所的正中央，不断地呼唤着绿子。"这句话是有意味的，渡边确实不知道自己在哪里，因为他还在探寻自我，找不到自己确定的位置，这个"位置"不是指地理、空间上的位置，而是自己生存意义的落脚点。渡边在旅行，意味着他一直还在探寻。因为直子和绿子这两种生活状态都不是他认为的真正有意义的生活，因为她们都有所偏颇。直子很美，但是她的美太脆弱了！她自杀了。直子和木月的自杀构成了爱情的紧密性，但两个人面对现实时都是很脆弱的，他们基本上没有办法在现实生活中生存下去。

他们固然美丽,但同样很脆弱。沈从文《边城》中的翠翠也是很脆弱的,她喜欢傩送为什么不去追求?湘西女孩子都是很泼辣的,但是翠翠很被动。爱情是要靠自己去创造和追求的,喜欢就应该大胆表白。直子也是被动的,她好像就只适合生活在森林和草地里。一方面,她坚持的东西太形而上了,一般人是很难接近她的;另一方面,她缺少绿子身上的东西,直子太敏感了,对任何事物都太在意,以致变成了一种执拗,执拗同时也是一种脆弱。

直子和绿子是两个极端,对渡边来说,她们都是有缺陷的。直子太理想,绿子太现实。绿子缺少一种形而上的指向,在绿子身上我们会觉得现实没有任何问题,但是直子的存在反观了我们现实中总是存在的一些问题,甚至我们的常识和观念都是有问题的。人性健康的观念是不断发展变化的,我们如果老是守着常识不求变,是有问题的。仅仅守着传统文化、伦理,中国就不可能现代化了。对于变化的生活,直子存在的意义是非常重要的,她的存在就是改变我们现实的。绿子是很强大的,强大到什么都可以不依靠,但是这样的生活和人格所组成的世界是不会有什么大变化的。对于渡边来说,他喜欢直子的美丽,但忧虑她的脆弱,他也喜欢绿子的天然,但永远忘不了直子理想化的美。如果让我选,我可能也会像渡边一样。我的"穿越"概念就是:我们可以尊重现实意义,但是一定要不在意现实,这就不会为现实所累,也不会被现实所束缚。

如果用一个中国作家来证明这个观点,那就是苏轼。儒家有句话"达则兼济天下,穷则独善其身",用这句话是不能解释

第三讲 《挪威的森林》:村上春树如何理解个体价值?

苏轼的。因为他在最穷的时候,依然兼济天下。苏轼落难黄州时,他依然关注现实问题,想改变当地溺死婴儿的风俗。一个独立的人是不会在乎现实环境的。我觉得奇怪的是,我们大部分中国的当代作家一旦流落到艰苦的地方,就写不出好的作品。苏轼却在他最困难的时候写下了他最美的篇章《念奴娇·赤壁怀古》,气势磅礴。我欣赏这样的人,关键的一点就是他在做自己喜欢的事情时,考虑的不是"得到"。

第四讲
《窗边的小豆豆》：
生命可以这样教育

生命：如何敞开与规范？

《挪威的森林》的主人公渡边是个纯情的人，他之所以纯情是因为他把性与爱分离了。如果一个人持有"天人合一"的观点，就不会把爱和性分离了，也就不可能有纯情。所以，很多中国人的感情都是带有功利性、欲望性的，要解决这个问题，必须从最根本的哲学思维入手。我认为，人如何与功利、伦理保持一个若即若离的状态，是中国当代哲学应该要思考的问题。我们只有理解这一点，才能理解日本民族当今的生存方式，以及为什么它有很多让我们触动的地方。

日本人有着严谨与放纵并存的生存结构，这是两个不同性质的世界。放纵世界属于欲望世界，而纯情属于高度秩序化的创造性世界，后者没有欲望可言，只有荣誉追求、审美追求，原因在于日本近现代哲学文化脱离了中国的伦理文化。我们谈到日

第四讲 《窗边的小豆豆》:生命可以这样教育

本文化的时候,千万不要认为日本长期以来只受到中国文化的影响。日本的确曾经受到中国文化的影响,但是日本明治维新以后的现代化改造了中国的文化,诞生了他们自己的文化哲学,才有今天的日本当代文化。如果我们不理解日本的文化、精神、思想,我们就不能理解现在日本的很多做法,这是我讲《窗边的小豆豆》的前提,如果不知道这个前提,就很难理解这本书。

《窗边的小豆豆》可以说是散文,也可以说是纪传体小说。我们可以把它当文学作品来读,事实上它的文学色彩更浓一些,基本上都是由一个个小故事组成的,每个小故事都非常有趣,让读者忍俊不禁之余又很受启发。看过漫画《蜡笔小新》的人都知道,小新非常有意思,他常常能让成年人受到启发,而小豆豆也是这样的,他们有着许多共同点。那么《窗边的小豆豆》到底是一本怎样的书,是写给谁看的呢?

《窗边的小豆豆》首先不是写给儿童看的,而是写给教育者看的,生命如何成长是对任何人都非常有意义的、永恒的问题,所以无论是少年还是成人都应该去看这本书,即使作为成人,我们在看这本书的时候依然能获得启示。我觉得中国的教师尤其应该看这本书。《窗边的小豆豆》这本书最重要的意义在于它提出了一个命题:我们应该以一种敞开的状态还是一种规范的状态来理解生命、理解教育?现代教育与传统教育的区别在于:前者尊重生命的活力而让其敞开,后者则是用外在的规范来约束生命并使之规范化。中国的教育理念和形式直到今天都是"应该怎样,不应该怎样"。比如,老师会告诉学生在学校里、在课堂上不准怎样,这个"不准"就是一种规范。而我们在读《窗边的小豆豆》时就会发现,书里从来没有"不准",但是大家最后都很自觉地遵守了纪律,原因在哪?"不准"是外在规范,稍不留意就会被破坏,因此这种理念会带来反抗力量,越是不准越想反抗,"不准"的力量也就非常有限了。中国社会从家庭到学校,所有的教育模式都是如此,但是《窗边的小豆豆》中的校长深受西方教育的影响,打破了这种教育模式。我觉得小林校长最伟大之处在于,他完成了传统教育向现代教育的过渡,从来没有说过"不准"。小说中有这样一个情节:小豆豆的钱包掉进了厕所,换成我们一般都会舍弃,但是她没有舍弃,而是把厕所里的秽物挖了个遍。这时候小林校长看见了,他说:"弄完之后,把那些东西都放回去。"一般老师绝不会这么说的。"把那些东西都放回去"是一种尊重世界的新规范,也就是说生命的自由应该建立在不破坏世界的基础上,而不是我们常见的自己意愿的满足建立在妨碍他人与社会的基础上。于是,小豆豆真的把掏出的秽物又重新放了回去,这是多大的力气活?她没有找到钱包却获得了特殊的劳动体验,这对小学生来说是多么有成就感的一件事啊。如果不是钱包掉进厕所,小豆豆绝对找不到这样的一种成就感。因此,我们做任何一件事情,即使失败了也没有关系,因为最终肯定会有收获。我们做任何事情不一定会有直接的收获,但都会有间接的收获,至于收获了什么,这完全取决于我们自己。收获是自己觉悟到的而不是老师教的。

《窗边的小豆豆》里还有一个现象:小林校长从来不要求学生必须排好队,可大家仍然能遵守纪律,原因在哪呢?日本的现代个体观念很值得我们去了解。日本现代文学里有一种尊重个

第四讲 《窗边的小豆豆》：生命可以这样教育

体，摆脱依附于家庭、集体、国家的理念。《挪威的森林》里无论是直子、绿子还是渡边，他们一个人生活时也活得挺好，其中的关键在"从来不给别人添麻烦"。个体首先要遵守的是不给别人添麻烦的纪律，也是不给集体添麻烦的纪律，而不是约束个体自由成长和自我发现的纪律。"添麻烦"的本质是什么？应该说"添麻烦"说明一个人对世界是不尊重的。世界是由众人构成的，一个人不尊重世界就会给世界添麻烦，就会给别人添麻烦。所以，不给别人添麻烦实际上是一种内在的尊重性的自律，而不是儒家克制个人欲望的自律。很多中国人克制自己的欲望，但依然会给别人和集体添麻烦，而且只有添麻烦才能获利，反之亦然。既然不给别人添麻烦了，那么一切就得靠自己努力。我其实也在实践这样的生存方式。在这么多年实践这个理念的过程中，家人对我也有过一些意见，但是我仍然坚持一切都要靠自己的努力的想法。人和人之间相互依附是对世界的不尊重，但是这一点在我们身边却是普遍现实。很多中国人只喜欢吹捧和贬抑世界，但不懂得尊重世界，这都是依附世界造成的。我认为最理想的状态是人既能依附于世界又能穿越这种依附性，有的时候我们需要别人的帮忙，但是我们不能完全寄托于此，别人即使帮不了忙也不要记恨他，不要觉得他不够意思、不够朋友，总之就是不要太在意别人是否帮忙，不要因此就不开心，甚至觉得他得罪了我。这就是我的观点，也是我的生活方式的表达。

如此，中国才能走向现代化。现代化的表现就是独立和尊重世界，这是现代性的观念和人生。现代文化结构应该是平等的，是尊重对方的，要谈利益也是互利的，但同时也要捍卫自己的主体性和独立性。我认为树立这个意识非常重要。中国有一种观念叫"若即若离",我觉得是可以利用的。即,是亲和尊重,离,是离开依附性和靠自己。我们的生存状态可以保持这样的张力和弹性,如此就可以和传统文化有所区别。我不倡导在中国实行日本式的天人分离,人对天有一定的依附性,对国家也有一定的依附性,但是骨子里和内在世界可以随时穿越依附性。

生命敞开后是怎样的？

生命敞开以后会是什么样的呢？看过《窗边的小豆豆》的读者都知道，小豆豆的学校没有食堂，同学们只能从家里带午饭，小林校长充分地利用这样的一种特殊条件，将"带午饭"也变成了"上课"。他要求同学们每天带不一样的饭菜，有时候带"山的味道"，有时候带"海的味道"，每个同学和家长一起做这些味道，这就构成了一个非常丰富的午餐展品世界。带午餐的过程中，每个同学和他们的父母都要开动脑筋，思考什么是"山的味道"，什么是"海的味道"，怎么才能做出属于自己的饭菜。这样一来，"吃饭"也变成了"上课"。

我认为这是一种很有意味的东方现代教育方式。东方文化，包括中国太极文化，因为没有截然的二元对立，所以是一种"无边界但有内在性质区别"的整体文化、天下文化，不是国家与国家的边界文化，也不是艺术与生活的对立。按照这样一种理念，专业不存在严格的边界，课堂也不存在严格的边界，不能说上数学课就仅仅是学数学。所以，小豆豆他们上课是随时可以上任何课的，爱学语文就学语文，爱学物理就学物理，同一节课可以学不同的东西。表面上看这有些乱，这种教育方式可能在我们的中学和大学中不一定合适，但是这个"乱"的道理是很深刻的。试想一下，如果没有边界意识的话，我们是不是就能打通很多领域？如果我们学任何专业都可以没有严格的专业界限，就会产生互相启发、交流的效果，会有意外的收获。以前我参加的浙江工商大学的学术会议也是如此，与会的学者基本上都是各个专业的，来讨论共同关心的问题。我认为当下中国学术的主要问题是共同的问题，比如会不会提"中国问题"，会不会提"自己发现的中国问题"，会不会提"让所有理论都尴尬的创造性问题"。其实我们不少学者也是文、史、哲都打通了的，但一些共同的专业问题并没有打通。在中国现代化的进程中，由于我们学习西方的教育和学术理念，专业的分工非常严格和精确，这固然可以使研究细化和深入，但是太过严格后，不同的专业之间就很难相互影响和激发。我说的这些内容其实是不太分专业边界的，讲的是思维方法问题和看问题的方法。很多学术命题，我们今天再回过头去看就会去反思，并得出新的理解。比如"文学与哲学的边界在哪里"，在西方的学术意义上是可以这样去提问的，但是在东方文化的意义上，两者很可能是相互渗透的。庄子学说就很难区分是哲学还是文学，因为中国的文学一开始就不是现代意义上的文学。在中国，伦理学和哲学也是

第四讲 《窗边的小豆豆》：生命可以这样教育

很难分离的，因为伦理是儒家的一种天下理想，同样也是哲学。而且文艺理论在根本上也是哲学，因为文学是一种观念，哲学就要解决观念创造的问题。而其他的一些学科，像经济学、经济哲学、政治学，它们也都是相通的。在中国，经济是从属于政治的，经济是政治的工具，既然是工具，那就意味着它是可以随时被调整的，观念也是可以随时被改变的。这就是西方意义上的经济学在中国常常被工具化使用的原因。

  回到作品中，我印象最深的是孩子们上游泳课，他们在一起嬉戏，穿游泳衣的孩子也不穿游泳衣了，但又怕家长们骂，就故意把游泳衣弄湿再带回家。为什么孩子们可以不穿游泳衣？小林校长的看法是：每一个孩子的裸体其实都很美，不必遮遮掩掩。孩子们从羞涩到放松的过程，正是人体美和个体美同步培育的过程，长大后就没有那种猥琐的心态。体育活动和业余活动也可以是课堂，孩子们就会在无形中受到教育，在任何时候都会不知不觉地受到教育。所以，我们看日本的伦理片、爱情片、性爱片，有时候很难理解日本人为什么那么色情，但色情在日本是有美学含义的，身体和性其实都可以是独立的审美。因为人道和天道的分离，身体本身就不应该有羞耻感，身体和性都是生命之美的展现，是自然之美的展现，这是身体可以独立进行审美的基础。如果每个人的身体，无论怎样都是可以欣赏的，那么身体就和美学、艺术更接近了。我想，人体美在日本，当看一个人的裸体时，人们用艺术的眼光去看就能看到美丽，即便只看到性，那也不应该是丑，而是崇拜生命力的一种表现，而这些在中国伦理化的审美视界下就会导致各种各样的问题。20 世纪 80

穿越文化观念的文学经典

年代,我刚大学毕业去北京工作,当时第一届中国人体美术展在中国美术馆开幕,展厅里人头攒动,但是有些人的眼光就有问题,似乎是在张着嘴巴盯着裸体看,好像要把那些人体的器官"吃掉",这是否叫"秀色可餐"?这可不是审美,而是性压抑导致的性心理猥琐。我们不一定接受日本人的观念,但是人对世界尊重的观念,在中国应该怎样去理解、领会和实践,这是我们需要去思考的。只有真正理解和实践了人对世界(身体、个体、他者、群体)尊重的观念,中国文化才能实现现代性的对世界的尊重,人们才不再受中国传统伦理文化的束缚,现代人的生命和身体也不再受约束。我们越是轻视性就越会导致对性的过度敏感,越遮蔽就会越想,越视它为全部。这就是一种不正常导致了另一种不正常。《金瓶梅》就对这种轻视、压抑、虚伪的情况做了很好的批判。《窗边的小豆豆》里蕴含了相当多的现代文化信息,我们应该看看日本人在很多方面是怎么做的,从而来思考中国作家面对这些情况,为什么不能写出具有启示性、创新性的作品呢?

生命是怎样成长的？

《窗边的小豆豆》是关于生命成长的一部作品，是生命的成长重要还是成绩单上显示的成绩重要，在这部作品中也有展示。《窗边的小豆豆》中有一章叫"成绩单"。小豆豆拿到成绩单以后，对于"甲"和"乙"哪个更好还分辨不出来。第一个看到她的成绩单的是家里的小狗洛基，洛基看不懂成绩单，它只是伸出舌头舔舔小豆豆。这个情节有着什么样的意味？说明成绩在学生们成长的过程中是不太重要的。如果我们把成绩看成是很重要的东西，那就不可能获得成长。正如大学就是打开学生思路的地方，而不是灌输新的知识和观念的地方，任何课程都不应该仅仅告诉学生正确的结论，也不是在各种结论之间让学生做选择，而是要告诉学生：任何正确的结论都是可以怀疑的，这就是大学。学生进入大学最重要的使命不是存储知识，更多的是学会生产知识的方法,这对学生提出了更高的要求。因为学习知识是一辈子的事,大学中能学习多少知识？如果大学老师只是告诉学生书本上的知识,然后通过考试考查学生对知识的掌握程度,这样并不能培养出真正的人才,而只能培养出"知识记忆者"。这样的学生碰到问题就调动知识记忆去面对新的问题,怎么可能去生产和创造知识？教育主要是培养学生的批判精神与思维方法,让思考处在创造性敞开状态,而不是选择性敞开状态,让所有的定论和真理都可以被审视。不经过这样一个环节,是无法进行知识生产的,也无法进行批判性的知识积累。不形成这样一个习惯,我们就不能创造出新的知识,不会有学科上的思想理论的创新。我们的人文社会科学之所以缺乏自己的理论,与我们缺乏知识生产教育、相信定论和选择真理的价值追求是密切相关的。因此,我是比较赞同《窗边的小豆豆》中的教育方式的。

素质教育是什么？如何理解素质教育？勇敢应该属于好的素质吧？我觉得《窗边的小豆豆》里有一章写得很好。小林校长要学生们玩装扮妖怪的游戏,结果扮妖怪的同学们也害怕得跑了回来。闹哄哄的一场游戏,使同学们明白原来这些装妖怪的同学也会害怕。我认为这种教育非常重要,因为我们在生活中常常被威胁和恐惧所裹挟,怕自己上不了好的大学,怕自己毕不了业,怕自己考不了什么证书,也怕自己的人身安全受到威胁,仿佛平平安安就是好的。回避各种"鬼怪"的结果是心理上由此也会产生恐惧和焦虑,最后我们的人格和心理就变得孱弱。如此,我们民族怎么成为强大勇敢的民族呢？优秀的民族不仅

第四讲 《窗边的小豆豆》：生命可以这样教育

应该具有坚忍力，而且应该具有对抗"恐惧"的勇气，特别是具有把强权者、侵略者、欺压者、"吃人"者看作"纸老虎"的心理。因此，小林校长对孩子们勇敢精神培养也属于一种素质教育。

顺便说说电影《海上钢琴师》。主人公1900视陆地为一个恐怖的世界，但这种对陆地的恐惧和对妖怪的恐惧是不一样的。1900的恐惧是一种人生意义上的恐惧。陆地上的键盘有无数个，那是无数的高楼大厦，他无法弹这些键盘，所以不知道该如何展开自己的人生，他看不到结局和未来，一切都处于茫然之中。陆地上无法弹出最美的乐章，是因为没有确定的琴键。1900为陆地上这样的生活感到恐惧，所以他坚持不下船，却弹出了生命最美的乐章。1900告诉我们，只有拥有确定的"人生键盘"，才能有无限的创造力。人生如果没有一个确定的位置，我们就无法施展自己的可能性和创造性。一个人如果没有目的地去追寻，就会对生存的世界感到恐惧。很可惜，我们被裹挟在这个"键盘"中没有目的地在搜寻和忙乱，一切以从这个键盘跳到另一个键盘的利益考虑为中心，这就很难奏出生命最美的乐章，因为我们无法艺术化地掌控我们手下的键盘，而只能在键盘上混乱地跳跃。在某种意义上，我们真的不如1900过得幸福、过得有意义。一个出生在船上的孤儿，没有父母兄弟，没有受过教育，没有上过学，钢琴是他唯一的伴侣，也是他全部的世界，这意味着他只能在这个小世界里实现自我的全部可能性，这叫专注。于是，在弹过一系列最美的音乐后，1900的生命就消失于大海之中了。这样的人生真的非常悲壮却又非常美丽，其实这样的人生并不需要广阔的天地。《海上钢琴师》中最精彩的部分就是两个人斗琴。那个黑人钢琴师叼着根烟,跟1900决斗,最后1900说:"是你逼我的,浑球。"然后风驰电掣地弹出一段音乐,节奏快得让人窒息,在场的人都惊呆了。这个情节告诉我们:人只有在一个确定的位置上,才能展现出自己的无限可能,1900确定的位置就是船头和船尾,这就是他的世界。88个键盘是他非常熟悉的,他可以凭此展开自己无限的遐想。

这让我想起了一件往事,我以前和江苏作家鲁羊坐在南阴阳营我家一个两平方米的小阳台上畅谈。一个狭小的空间中,人的思绪却可以无限展开,但是如果坐在一个非常豪华的客厅里,思绪反而很难打开,因为豪华会变成干扰因素。什么事情都有利有弊:我们把生存环境弄得五彩缤纷,想象力反而就下降了,因为我们会被周围的世界所裹挟。而如果我们不在意周围的世界,思绪才能展开,才可以超越极限。现在的世界很大,但是我们的思绪和想象力是很萎缩的。《海上钢琴师》的尾声,乐器行老板又将小号还给了1900的朋友麦克斯,并对他说,一个好的故事比一个旧小号值钱。我想这就是功利和超功利的关系。当超功利的东西打动我们的时候,任何钱都不能将其买下,所以激荡人心的乐章和人生是任何钱都买不来的,这就是"富裕"不等于"幸福"的道理。如果把《海上钢琴师》这部影片放置在当下,我就可以这样设置我的人生:当人们都在为了利益盲目生存的时候,我会为这样的生活而恐惧。我会和1900一样,不想下船,或者下船兜一圈又赶紧上船,我不想陷入茫茫利益大厦建构的大陆中,成为茫然的一分子,这时候我就拥有了可能会震惊世界的存在状态,某种程度上这也是人生最美的状态。

第四讲　《窗边的小豆豆》：生命可以这样教育

回过头来看，《窗边的小豆豆》没有告诉我们任何伦理和意识形态，但是我的收获特别大。这本书有很多和生命息息相关的道理，有很多启示性的哲理，我认为这才是这本书能风靡全世界的根本原因。对于中国读者来说，应该超越传统文化，走向尊重生命、尊重个体的文化，在此基础上，中国应该开创出一条属于自己的教育理论之路，只有这样，我们才能达到与西方教育平等对话和交流的水平。

第五讲

《荷塘月色》《边城》美在哪里?

美是什么

　　《荷塘月色》这篇作品之所以被选入中学的语文教材中,是因为学术界、教育界都普遍认同它是中国现当代文学领域中的经典作品。在谈我对这篇作品的理解之前,我要先谈谈这篇作品美在哪里?什么是美?

　　说点题外话,读者认为居里夫人美么?美在哪里?居里夫人在大学的时候是校花,每次上课她都坐在教室的最后一排,男生上课的时候经常回头看她,连老师都不看了。后来居里夫人干脆坐在第一排,这个问题就解决了。一般意义上我们理解的"校花"是长得很漂亮的女生,但实际上"美"和"漂亮"是有区别的。我认为,校花是"漂亮"而不是"美",漂亮的一个特点就是天然,所以可以说"长得漂亮",但是不能说"长得美"。年老的居里夫人还会有人觉得她漂亮吗?我们一般不用"漂亮"这

第五讲 《荷塘月色》《边城》美在哪里？

个词来形容年长的女性。漂亮是会消失的,天然的东西是会消失的,随着年龄的增长,容貌会慢慢变得不漂亮。那么言下之意,美就是后天的。我们现在说到居里夫人的时候,会形容她拥有"跨越百年的美丽"！这个表达意味着居里夫人的美是永恒的,不随着她的年老色衰甚至去世而消失。有一张居里夫人的照片是我们现在经常看到的,照片里的居里夫人在茅草屋前炼镭,她的眼神和脸色都已经很憔悴了,这就是我们看到的美。

  这意味美是居里夫人创造出来的,我们每一个人的心灵、思想、精神都可以通过创造成为美的符号,所以我们说一个人很美的时候更侧重于评价他的心灵、思想、精神乃至文化修养。我们也可以这样说,古今中外的文学经典是作家们创造出来的美,我们被这些作品中独特的美所打动、所启示,为之沉醉。一部有审美内涵的作品,与世界上的其他事物是不可重复的。在这一点上,美和漂亮是两个定义不同的概念。一个人不应该只满足于天生的资质,而更应该去创造自己的美丽人生,这是人人都可以做到的。天生的资质是我们无法选择的,但每个人都可以通过自我的构建,创造属于自己的美丽人生。然后,让世界被我们打动、启发,为我们沉醉。任何人都可以找到爱情,建立自己的爱情,爱情就是男性和女性之间的一种"美丽关系"。当我们爱上一个世界、一个人、一种景色的时候,我们和它是融为一体的,是沉醉其中的,是消失于对象之中的。这个时候我们可以非常宁静,也可以非常激动,总之可以完全忘却自己日常的各种欲望、利益和烦恼。我称这样的状态为"幸福"。一个人进入了一种不计得失的乃至生命都可以忘却的状态。天生丽质所带给人的漂亮,往往与快感有关，所以漂亮能引起人的欲望。但是我们能否超越漂亮，创造自己的美丽呢？我的美学就是：尊重人的天资，不管一个人是否漂亮，都应得到尊重，但是他必须不满足于这样的一种状态，然后去创造自己的美丽。我觉得可以用这样的一句话描述居里夫人：如果她仅仅满足于自己的天资，那么她一定不会取得举世瞩目的成就。中国的现代化也是如此，中国可以通过改革开放、市场经济来发展自己的经济，成为一个很富有的国家，但这不一定会带来一个美丽的中国。富裕的中国不一定是美丽的中国，一个美丽的国家必须在精神、思想、文化上有自己的现代创造。

概括一下就是：美是创造出来的；美是独特的存在；美能让人沉醉其中、忘却自我。这其实就是我们面对文学经典时应该具有的观念。我们只能在创造出的美的世界中追求幸福，所以幸福也是创造出来的，而不是寻找和买来的。正是在这个意义上，美的实现是很艰难的，因为创造是很艰难的，所以根本不可能有遍地是美这么一回事。即便是一片似乎很美的风景，面对不懂创造美的人那也只是"漂亮"而已，而不可能有个人的审美发现和理解。经典的产生也是如此，曹雪芹、凡·高的人生都非常艰辛。如果我们在现实生活中想追求快乐和欲望，那么我们离艰难的审美就相对较远了，当然也将没有资格享受幸福。在我们这个时代，我们如果只追求快乐和欲望的满足，就很容易随着时代而消失，留不下能跨越百年的、影响世界历史进程的美丽符号。这就是经典为什么是美的符号，可以跨越几个世纪而保持其审美魅力的原因。

《荷塘月色》中的"荷塘"美吗?

　　《荷塘月色》美在哪里?我们把握这篇作品的内涵,一定要注意作品之中的各种关系,在"我"与荷塘、"我"与古代采莲、"我"与现实环境这三种关系中,哪种是美的?按照前述的审美特质,那么我想问《荷塘月色》的主人公有没有为眼前的景色所沉醉?主人公最后回家去了,而妻儿早已经睡着了。如果审美者为池塘的荷叶、杨柳和周遭的景色所构成的意境而沉醉的话,他就不会再想到其他的东西。这个荷塘是死寂的,清澈荷叶上欲滴的水珠和阴森森的灌木丛所构成的关系,是不和谐的,而且阴森森的灌木丛之间几乎没有缝隙,仅有的几道缝隙仿佛是为了让月光穿越它们而存在的。这是一个封闭的、窒息的世界,只有几片荷叶在水中,这时候主人公想到了古代采莲的意境,想到了那个恬淡的、欢声笑语的、嬉戏的荷塘。也就是说主人公走神了,这意味着这个世界发生问题了,古典诗词和中国古代文化中的和谐恬淡的审美意境在主人公心中破碎了,主人公的心情是惆怅的!

一个人所向往的审美世界在他所存在的世界中不存在、破碎了,才会如此惆怅。如果按照这个道理,鲁迅的作品美在哪里?鲁迅为什么总是战斗的、批判的?他总是说"不不不不"。别人说起中国人总是说"呸呸呸",于是鲁迅也跟着说"呸呸呸呸",以此来对骂。其实鲁迅心中有一个审美世界,那个美是鲁迅不说话的时候才能被体验到的,而当他开始说话、写文章的时候,他只能表现这个世界的丑陋。他说必须在没路的地方走出路来,而美就是"那还没有走出的路",是一个虚妄的存在。这是中国现代作家独一无二的审美状态。中国作家大多都把西方的思想、理论当作自己的审美道路,无论是胡适、陈独秀还是梁实秋,这些中国启蒙思想的先行者引用的都是西方思想,如民主、科学、自由等。

习近平总书记提出了"中国梦"的概念。中国坚持走自己的路,从大方向上来说是对的,因为中国是文化大国,而且曾经影响了整个东亚,但是这个影响只能在古代吗?难道中国在近现代以后只能步西方的后尘,不能再产生思想文化的影响力吗?日本、新加坡等国家和地区,论文化底蕴都不如中国。我认为中国和另外一个曾经有过辉煌文明的国家——印度,都应该承担起开创东方现代化道路的责任,这就是一种审美的追求。只有在这种追求中我们才能感到充实,一旦这个道路走通了,我们就进入了朱自清《荷塘月色》中的那个采莲世界,它会让我们沉醉

第五讲 《荷塘月色》《边城》美在哪里？

其中,心灵得到安顿,能让我们有自己的精神家园。

从主人公走出家到池塘边去散步,然后又走回去这么一个过程中,可以看出荷塘世界没有完全吸引住主人公。而且他回去以后妻儿已经睡熟是一个隐喻:它不仅说明家人对主人公的审美是无动于衷的,而且也象征中国现代知识分子所进行的现代启蒙,老百姓是无动于衷的,因为我们启蒙的思想武器不能在中国扎根,和中国的现实是脱节的,所以这两种关系是不和谐的——中国和西方的关系不是美的,中国当代现实与传统的关系也不是美的,这就是中国现代作家为什么容易接受西方的悲剧观念的原因,也是鲁迅那一代作家为什么会欣赏尼采的原因。西方文化因为和谐自足所以是美的,中国传统文化因为和谐自足所以也是美的,唯独现实中没有美,这多么悲哀啊,这其实才是主人公最真实的心境。

主人公的心情是惆怅的,这让我想起来闻一多先生很著名的诗句:"这是一沟绝望的死水,清风吹不起半点漪沦。"为什么这些作家的代表作都是绝望的、阴郁的、惆怅的？鲁迅的痛苦是一种非常强烈的痛苦,是一种无路可走,无法走但是依旧还要走的痛苦。20世纪的中国知识分子都处在一种绝望的、阴郁的、惆怅的心理世界中,也是因为这样的世界,王国维选择了自杀,他是真正的为了美的破碎而自杀的,这是什么样的一种破碎？王国维早期吸收叔本华的哲学来解读中国传统文学,但是后期放弃了这种解读,那就意味着叔本华的生命意志哲学代表的是西方文化,没有解决王国维审美依托的问题,他相信叔本华的哲学但是觉得不可爱。自己相信的东西和所研究的东西根本上是脱节的,这就叫"破碎"。王国维最后还是回归到自己的子学和经学之中,其实这个时候他已经不相信孔孟之道了,他觉得这些中国传统的哲学可爱但是不可信,无路可走的结果就是走向昆明湖。

翠翠是否要对自己的爱情悲剧负责?

　　沈从文的《边城》中,傩送和他的哥哥同时爱上了翠翠,傩送唱了十几天的情歌来追翠翠,但是当傩送的哥哥意外去世之后,他离开了这片土地,翠翠在漫长的时光中等待着他归来,结局让人无望而惆怅。为什么读者会觉得沈从文的作品中有种很沉寂、淳朴的美,这种美又很好地体现在了翠翠的身上?《边城》的故事发生在湖南、贵州、四川交界处,我去过茶峒,那是一个山清水秀、十分原生态的地方。茶峒边上有一条大河,四周都是山,直观上看,和普通的小镇差不了多少,但是这个地方的民风非常淳朴,所以在边城中有个很突出的价值观,那就是重义轻利。翠翠的爷爷是摆渡的,他经常不收钱,生怕因为收钱被别人看不起。《边城》中最有钱的那个人叫顺子,他经常施舍,慷慨大方。没有商业性的东西进入这片土地,这是让沈从文非常留恋和沉醉的。这样一种审美观在当今社会就会和我们的现实产生矛盾，因为我们所处的这个世界很看重利益。重利轻义是一种文化现实。此外，传统文化对个人的情欲是压抑的，用这种观点来看翠翠和傩送的爱情悲剧，就能知道原因所在了。

其实，无论是《梁山伯与祝英台》，还是《西厢记》《桃花扇》，男女主人公必须是有主动性的，爱情是靠男女主人公去追求、去创造的，但是在翠翠身上，我们看不出这种主动性，她非常淳朴，也非常被动，心里朦朦胧胧地喜欢着傩送。我们可以欣赏这种本分的、质朴的美，但是爱情悲剧的原因主要在于翠翠和她的爷爷一样，受伦理文化长期积累的影响，缺乏一种主动性。无论是感情还是欲望，都是个体主动性的问题。同样在湘西的这片土地上，如果换作《红高粱》中的"我爷爷""我奶奶"，那就不是这样的了，他们敢爱敢恨，爱情的力量在于舍命也无所谓。《边城》中的男女主人公，一个等待，一个逃避，都是非常消极的，因此造成了爱情悲剧。傩送如果觉得翠翠喜欢自己，那就不应该出走，即使出走也肯定要回去，但是他出走了之后就再没有回去。小说的最后，爷爷在一个暴风雨的夜晚去世，只剩下翠翠一个人，这时候的翠翠是很凄楚的。

沈从文在描写这个爱情悲剧的过程中，流露出了一种和朱自清一样的情绪，那就是惆怅。惆怅什么？一方面沈从文非常欣赏这个纯真的世界，淳朴体现在爷爷身上，体现在边城中的所有人身上，哪怕是妓女都非常可爱。因为连妓女都在等待自己喜欢的人。这个世界中根本没有坏人。被淳朴这么一过滤之后，一切事物都带有这样的审美特质。但是沈从文又流露出淡

第五讲　《荷塘月色》《边城》美在哪里？

淡的惆怅，沈从文清楚地认识到翠翠是等不到结果的，也许傩送在外面又喜欢上了其他人，甚至可能已经结婚了，但翠翠却依旧还在边城等着他。沈从文告诉我们：传统的淳朴不能使生命、欲望得到一个健康的处理方式，所以用忘却的方式就会导致沉迷。忘却和节制的另一面就是沉迷、放纵。我们试着想一下，传统文化是一根绳子，这根绳子把我们捆住了。在绳子的束缚下我们不能动，久而久之，慢慢地也就习惯了这种束缚，这个时候我们都是翠翠。但是一旦我们的绳子被解开了，又会怎么样？会拼命地松动筋骨，会沉迷，会放纵。今天我们的社会中充斥着一种唯利是图的价值观，原因就在于以前我们对于利益都是轻视的。一个人没有接触利益、欲望的时候，还可以保持自己的纯朴，但是只要面对利益、欲望了，就承受不了了，很容易被迷惑。那这样的纯朴可能就不是现代性所需要的纯朴，而改造传统的纯朴的关键问题就在于：人除了利益和欲望之外，还应该追求什么？这样的追求不是无关于利益的追求，而是比利益诱惑更强烈的一种追求，那就是追求喜欢的人和事。因为人只有做自己喜欢的事，才能不在乎利益，才会顾不上利益。

如果爱情的美是人主动创造的结果，如果傩送和翠翠能做到主动创造自己的审美世界，哪怕是很不情愿的主动、羞涩的主动，我认为这就突破了《边城》中流露出的惆怅，爷爷和翠翠重义轻利的文化就能改变。因为如果把"利"改造为自己喜欢的人和事，就不能去"轻视"了。所以，作品最好的叙事应该是这样的：爷爷唯恐别人提到钱，但是也不允许翠翠无希望地苦苦等待心上人。如果翠翠主动追求傩送，将来她继承爷爷的摆渡工作时，就会不一样了。最好的结局似乎应该是这样的：傩送终于回来了，但翠翠已经不在了。翠翠踏上了寻找傩送的征程。这才叫凄凉的美，两个人创造出了美，便可突破惆怅的人生了。

另外，一个人如果有创造自己人生的那种追求，回头再面对利益的时候就不是拒绝的态度了。拒绝利益体现在知识分子身上，就是一种清高。爷爷保持着一个完整的道德化的形象，所以他觉得钱是侮辱他的。我认为这种文化是需要去改变的，利和义之间我们该怎么选择？我们对于利益，就如同对欲望、本能、自然界一样，都要给予尊重。尊重不是重视，也不是轻视，尊重是平等地对待，而重视和轻视是高低关系，是不平等的。我们到今天为止一直都在这个不平等的框架中运行，不是居高临下地轻视、节制欲望，就是做欲望的奴隶，这都是不平等的。我们表面上重义轻利，在背后却都在追逐自己的欲望和利益，表面上是温文君子，背后却做着不入流的事情，这是非常畸形的一种文化。我认为要改变这种格局，就需要在观念上把尊重利益当作文化前提，把利益、欲望当成平等的事情去对待。人如果创造出了自己的幸福感和美感，就可以不沉迷于利益，不受利益的裹挟。钱多当然好，钱少我也不在意，我依然要干我的事，因为做这件事情的基础是我喜欢。翠翠喜欢傩送是他们爱情的基础，在追求傩送的爱情上她其实是可以突破传统文化习俗和伦理制约的，但是她没有，也没有把自己的喜欢调动出来，这确实有些遗憾。

我对待利益的态度简单来说就是：尊利而不唯利。在这样的观点下，把"吃喝玩乐"当成中性词就是对它的尊重，中性是

第五讲　《荷塘月色》《边城》美在哪里？

不褒也不贬的。其实我们应该建立很多中性词，这样的美学概念就叫"正常"，一个人的正常状态，是既不伟大也不渺小，但是一个人也不能仅仅为吃喝玩乐而生存，还应该做一些与吃喝玩乐没有多大关系的事，这些事属于审美的范畴。如果我们能做到这些，那么我们身处的世界就非常完整了。完整也不是美或丑的，完整是美和中性的组合。

穿越文化观念的
文学经典

第六讲
《狂人日记》《伤逝》：
文学如何审视西方人道主义？

《狂人日记》究竟批判了什么？

鲁迅在中国现代文学史上是文学创作成就最高的一位作家。鲁迅的文学创作成就与他独特的审美价值坐标有关系。实际上，这种独特性在鲁迅的第一部小说作品《狂人日记》中就已经初现端倪。但是，学界很多人看《狂人日记》，总是容易从表层内容入手去理解《狂人日记》。造成的结果就是，很多学者把《狂人日记》理解为是一部批判中国传统文化"吃人"的作品，把这部作品理解为是反封建的第一声呐喊和第一把匕首。大多数学者都是在这种战斗的、猛烈的、彻底的批判的意义上去理解鲁迅、理解《狂人日记》的。这种理解当然不能算错，但如果仅仅是这么理解，往往就可能把作品的内容简单化了，也可能把鲁迅真正的、深刻的、独特的含义给遮蔽了。

其实在五四新文化启蒙运动中，有不少作家在不同程度上

第六讲 《狂人日记》《伤逝》：文学如何审视西方人道主义？

对中国传统文化进行了激烈批判，只不过这些作家不一定用"吃人"这个词来进行批判。鲁迅在《狂人日记》中"吃人"这个词，在文学世界中还不能算是一个非常独特的立意，甚至"狂人"也不能算是鲁迅的一个独创性的立意，因为俄国作家果戈理也创作过一部叫《狂人日记》的作品。在果戈理的笔下，"狂人"是一个小人物，是一个一天到晚总想当西班牙皇帝的小人物，这部作品勾勒出了一个从压抑个人到个人解放的个人主义框架，而"狂人"就是这个框架中所呈现出来的一个个人主义的英雄。鲁迅一方面吸收了"狂人"这个概念，在文体、体裁、内容上对果戈理的《狂人日记》有所继承；另一方面，他也对果戈理的《狂人日记》做了一定程度上的改造。这种改造非常突出地体现在两个方面：一是鲁迅在说"吃人"时候，并没有把自己放在一个真正的启蒙者、一个真理在握的启蒙者的立场上，鲁迅说中国传统文化"吃人"，最可贵之处在于他自己也参与到了吃兄弟、吃姐妹几片肉的"吃人"行列中。所以，这是一个很毛骨悚然的"吃人"文化，谁都逃脱不了，这就很令人绝望了。其实"吃人"文化迄今为止还没有过时。我们今天的社会还存在种种现象：不尊重生命、不尊重人格、不尊重精神和思想的自由、扼杀个人的独创性和另类思想。所以，"吃人"文化在整体上是一种通过扼杀、消灭、克制、边缘化的手段来完成"吃人"目的的文化，也就是把人仅仅变成只有吃喝需要的人。我们在这个层面上去理解"吃人"的文化，就会感觉到这种文化真的令人窒息。

二是鲁迅最具独创性的不仅仅在于他说自己也"吃过人"，更重要的是，那个"不'吃人'"的"人"才是鲁迅笔下真正的新人,真正的"狂人"。但是这样的一个"狂人"是一个怎样的人,鲁迅说不出来,他只能说一句"将来容不得'吃人'的人活在世上"。也就是说,这个真正的"新人"可能不一定存在,可能永远也诞生不了,但是也可能会产生。这样一个"不'吃人'"的"新人"的具体形象鲁迅不仅说不上来,而且他能不能产生,鲁迅也不确定,这才是真正让人感到既空虚又不放弃希望的方面,所以鲁迅将此称作"虚妄",是一种很空虚的妄想。我认为这个很空虚的妄想才是《狂人日记》真正独特的审美立场,也因此构成了鲁迅创作中最坚实的独创性基石。在鲁迅后来的作品中,这种审美指向有时候也会出场,比如鲁迅在他的散文诗《野草》中有过这样的表述,"当我沉默的时候,我觉得充实;我将开口,同时感到空虚"。"其实地上本没有路,走的人多了,也便成了路"等。这些表述与《狂人日记》所表达的独创性的指向,与中国新文化必须在创造中才能产生的指向是比较相通和一致的。在这个层面上去理解《狂人日记》,我们就可以把它当作鲁迅当之无愧的早期代表作之一。所以,如何理解《狂人日记》就会如何去理解鲁迅。

也就是说,仅仅从对中国传统文化的抨击出发来理解鲁迅是不够的,或者仅仅说鲁迅有自我批判的精神,说自己也参与过"吃人",这也是不够的。更重要的是,我们要看到《狂人日记》中那种独特的审美指向,这个审美指向是鲁迅笔下真正的、潜在的"新人",这个"新人"是未来可能会诞生的一种"不'吃人'"的人。我认为这在一定程度上可以说是鲁迅的"中国梦",而且这个"中国梦"延续到了今天。如果说中国今天要实现自己的

第六讲 《狂人日记》《伤逝》：文学如何审视西方人道主义？

"中国梦"，那么至少有一点是需要从根本上去改变的，这就是尊重人，尊重生命，尊重人的创造力，尊重人的思想的创造性追求。我认为这是实现"中国梦"的前提，或者说是实现"中国梦"的最根本的文化性的内容。"中国梦"不仅指国力强大，也不仅指人民富裕，最重要的是，它需要在精神文化上融入一个基本的、现代性的、全世界通用的内容。当然，它的切入点、表现方式可以有中国文化的特点，但是骨子里必须体现出这样的一种尊重。

在《狂人日记》中，由于这个"新人"就是鲁迅的审美，是鲁迅坚定而冷峻的价值支柱，所以鲁迅不会自杀，也可以说王国维的自杀正是缺少这样的"新人"。任何人如果有鲁迅这样的姿态和审美，是不可能自杀的。王国维一直处在叔本华哲学可信和中国传统文化可爱的矛盾之中，矛盾使得王国维在价值问题上徘徊，他选择过西学，后来又回归到传统经学。但是王国维又觉得这种传统的经学不太可信，不能解决他的价值依托问题。他之所以没有成为鲁迅，原因就是他对叔本华哲学和传统文化都没有哲学上的批判，他只是在这两者间徘徊，没有自己的思想理论作为支撑。鲁迅知道自己的思想创造在哪里，而王国维没有这样的意识，所以他没有鲁迅那样坚定而冷峻的人生态度，而一个不坚定的人随时可能放弃一切。如同王国维的自杀一样，20世纪80年代的知识分子也经历过一场"集体自杀"——下海经商。当时的知识分子放弃原来的专业和理论研究，转而下海经商，我认为这是自杀的另一种表现形式。所以，我们大部分人是王国维的"后代"，而很少是鲁迅的"传人"。如果人们在所有既有的、确定性的思想理论中进行选择,那么就很可能成为王国维,而如果对既有的、确定性的思想理论进行批判改造,就有可能成为鲁迅。

  我们可以自己选择是做王国维还是做鲁迅。我选择做鲁迅,所以我为了创造自己的思想理论奋斗到了现在,任何既有的思想理论我都会习惯性地用自己的方式进行审视。

子君与涓生有"爱情"吗？

《伤逝》中，男女主人公涓生与子君出走以后，经济、工作问题都出现了，因为独立的生活离不开生活问题。但是这些问题出现之后是不是就等于两个人不能爱了？这才是更重要的问题。其实从这里面我们也可以看出鲁迅的局限性。我认为对于这个问题的处理，鲁迅不如陀思妥耶夫斯基，鲁迅和陀氏相比还缺乏一种更震撼的思想力量。

鲁迅在作品中说过，爱是有所附丽的。有人会认为长久的爱情是需要一定条件的，爱是付出和忍耐，爱是不能平白无故地喜欢一个人。如果他不能从另一个人身上得到些什么，比如精神上的独特感受，那么这样的交往就是没有什么价值的。但我们在现实生活中看到，即使这个人素质不怎么样，却也有人会爱他爱得死去活来，又说不清原因在哪里。所以，爱一个人是爱他的优点和有价值的东西,还是爱一种很难说清楚的东西呢?我们是不是将婚姻和爱情放在一起思考了?我觉得婚姻是需要物质条件作为保障的,否则没有办法生活和抚养下一代。没有足够的物质条件就先不要孩子,否则是对孩子的不负责任,这一点我很赞同。但是爱情与婚姻不同,爱情是审美的、超现实的,当我们说不出理由、说不清楚爱的内涵的时候,一见到某个人,就会感觉到:总是想看见他,总是想念他,无论这个人多么倒霉,就是忘不了他。涓生与子君的关系是否建立在我说的这一点上了呢?他们是吃不上饭、找不到工作也不会说"我不爱你了"呢,还是吃不上饭、生活困难就分道扬镳了呢?

要回答好这个问题,可先思考一下,当初涓生与子君相爱的理由是什么?因为涓生是一个积极的进步青年?如果是因为这一点,那么他们之间产生出来的就不是爱情,子君只是爱进步的思想,涓生不进步了子君就不会爱了。如果他们离家出走后产生一种可以过自己人生的思想,这会加强彼此的情感,那么爱情只是依附一种"独立"的价值冲动,这与"靠什么独立"不是一回事。我认为他们其实还没有到达真爱的程度。鲁迅的这篇小说中缺少这样一个情节交代,即涓生和子君是怎么在一起的。如果他们之间本来就没有爱情,那么更谈不上什么爱情悲剧。我认为《蜗居》中,宋思明和海藻之间也没有爱情,如果海藻有爱的能力,她就不会离开小贝了。爱情是不会计较是吃红烧肉还是吃山珍海味的,这种追求不属于爱情,至少掺杂了很多虚荣和功利的成分。当然我们可以理解海藻的生存状况,但是她为什么一定要将宋思明作为生存的依靠呢?海萍为什么一定要为她

第六讲 《狂人日记》《伤逝》：文学如何审视西方人道主义？

的儿子弄一间房子呢？当鲁迅说爱是有所附丽的时候，我们好像是接受这一点的，因为当一对男女要一起长久生活的时候，他们也要有物质、经济等方面的保障。但是物质、工作等问题都不是主要的问题，更重要的是精神、心灵、文化上相互契合而激荡的问题。从这个角度来看，正是因为涓生与子君的爱情依据不充分，所以他们很容易被经济因素所击垮。那么在这个基础上，鲁迅这句话的意思是：凭一种感动或者冲动形成的所谓爱情并不是真正的爱情。就像涓生和子君一样，他们的出走更多的只是因为启蒙的新思想激发了情感，而产生在一起独立生活的冲动，但生活的内容是什么他们却不太清楚，爱情的内容究竟是什么他们也不很清楚，爱情是否能经得起世俗的摧残和冲击他们也没有考虑到。其实真爱是一种非常巨大的力量，人们甚至可以为此付出生命，又何必计较吃不上饭，找不到工作呢？

因此，在一个更高的层面上看鲁迅的小说，就有可能发现鲁迅的一些局限性。当鲁迅说爱是要时时更新、共同生长的时候，这些概念基本上都是一个大的概念。什么叫时时更新、共同生长？如果我们把真正的爱理解为是对世俗层面、物质层面的超越时，那么我们现在存在的问题可以一目了然了。我们在审美上，在对人类和世界的爱的问题上也能一目了然了。我的理论是：绝对不排除世俗的爱、日常生活的爱、天伦之乐和过小日子的爱。中国文化是整体的，纯粹的元素和不纯粹的元素是相互渗透的。因此，对于老百姓过日子这种家庭之爱、伦理之爱，我们不应该去轻视，而应该用超越的眼光去看待它。我们还能过什么样的生活？我们在日常的伦理、亲情、世俗享乐之外，还能有什么样的体验？世俗可能占据了我们大部分的生活，但是如果我们有一些生活是超越世俗的，哪怕只是一种体验，甚至只是24小时的体验，也非常重要，我认为这会使人生变得更完整、更优秀、更有价值。这才是超越世俗功利的真爱，两个人只有在这个层面上使心灵和精神相互契合，才不会被击溃。子君和涓生如果是在这个层面上相爱的，也许他们可能因为生计问题等不能走到一起，但不会失去爱情，更不会因此郁郁而死。一个人最糟糕的状况是到死还处在追求世俗化的生活中，而对人生状态没有觉悟，或者仅满足于功名利禄的达成，这种人不会有真正的忘我之爱，更不用说给中国文化增加一点大爱。

人这一辈子应该追求和达到那么一种短暂的、其他人没经历过的辉煌，真爱也是一种辉煌，所以刻骨铭心。在这种短暂的辉煌中，人可以把包括功名利禄在内的一切都看淡，而只给世界留下"我爱过"的形象，那才是完整的人生、无憾的人生。这种真爱的情感体验不一定只是在男女关系中，在事业中也可以有这样的经历：一个学者搞一辈子功名利禄的学术学问，都是为了吃饭、为了职位，这本身并没有错，但是作为一个学者，应该要有一种哪怕很短暂的但能够超越这个层面的贡献。人生最重要的是真正地帮助了别人和这个世界，而不在于索取了什么。如果子君和涓生心灵契合，能为这个不能容纳个体独立的世界开辟一条道路，哪怕贫穷和坐牢也在所不惜，那么他们的爱情就有了志同道合的基础，而不是简单地被西方新思想激发出来的冲动，碰到困难就不会往回退缩。

因此，我认为教师的责任就是在学生们成长的过程中，在生

第六讲 《狂人日记》《伤逝》：文学如何审视西方人道主义？

命敞开的人生之路上帮助学生理解"什么是真爱"，做一些思想、观念和思维方式上与"爱"相关的启发。教师的责任不是仅灌输学生知识但又不告诉他们如何对待知识。涓生与子君的真爱应体现在彼此激励和帮助对方一道为这个世界做一点改变自己、改变世界的事情，离家出走是以个人生活为考虑的，而给这个世界爱，无论在什么样的环境下都是可以展现的。这其实就是"小爱"与"大爱"的性质。

因此，我理解的"中国梦"中一样最重要的东西，就是中国能为人类进程贡献什么样的现代性的思想文化。

"娜拉走后怎么办"为什么是鲁迅的独特问题?

《伤逝》比《家》深刻的地方在于,作品思考了反抗家庭封建之后的青年该怎么办的问题。中国如果不建立一套自己的现代文化,我们就都是《伤逝》中的涓生与子君,只能再次回到传统中。鲁迅的这个预言正好被中国文化的发展所验证:不断回到传统文化中,恰恰说明我们没有建立起新的文化家园。

鲁迅对个性解放创作是持审视态度的,鲁迅把这一问题看得非常深刻和独到。"娜拉走后怎么办?"我们打碎一个旧屋子却不盖一个新屋子,可能还不如生活在旧屋子里好,因为这少了折腾和牺牲,因为离家出走也是要付出代价的。但是,如果我们只停留在这个层面上考虑问题,那么我们对鲁迅就只有膜拜,我们也就会离鲁迅越来越远。请注意,鲁迅之所以成为鲁迅,恰恰是因为他不膜拜任何东西,他离开尼采,离开进化论,才有了自

第六讲 《狂人日记》《伤逝》：文学如何审视西方人道主义？

己的独创性观点。而我们如果膜拜鲁迅的话，我们就缺乏了超越鲁迅的能力，我们也就不具备鲁迅的精神了。鲁迅笔下好像没有那种纯爱或者真爱的人物，关于爱情，鲁迅确实写得很少，这样谈鲁迅也意味着在中国现代作家中，鲁迅的审美特性和爱应该说是最突出的。在鲁迅的笔下，他虽然没有将男女情感落到实处，但是他却独创性地把美即他的所爱作为落脚点。因此，鲁迅是有爱的，鲁迅也是有审美状态的，他不把西方的思想和道路当作中国的现代化道路，他有着独特的审美观，也有一种真正的对中国的爱。

有人会问我最欣赏哪一种爱情？我最欣赏的还是《红楼梦》里贾宝玉的那种对女性的怜爱，这种怜爱是中国男性普遍缺乏的。我认为一个男性如果没有对女性的关心、同情、尊重，他就很难有真正的个人意义上的爱情，就很容易把"占有"理解为爱。

有人也会质疑我特别强调男性对女性的爱，这是不是一种性别歧视呢？我的回答是否定的。因为中国是非常典型的男权文化社会，男性的话语权和行动权往往培养出与之相适应的女性群体，所以男性的自我反思是重要的，当然这种反思对女性也是重要的。这样一反思，我就不赞成"男女平等"而是"能力平等"。打个比方，人类要和自然构成平等的关系，那首先得是人类要有平等的意识，采取平等的行为。在一个男权文化社会中，首先是男性要有这么一种平等的意识，否则便会遏制女性平等的努力。因为在男权文化社会中，女人是缺少发言权的，即使有一些个性鲜明的独立女性，常常也是男权文化的反抗者而不是对话者。我觉得,贾宝玉这样的男子在中国传统文化中是独一无二的,只有我们都想成为贾宝玉了,才会有现代意义上的爱,这种对个人的爱就不是一种占有、掠夺和考虑得失的爱。

有人会问我,《伤逝》这篇小说里的话都是以涓生的口吻和角度去写的,这是不是鲁迅对涓生的一种讽刺?我认为这可能是鲁迅借涓生说出他自己的话吧!涓生和子君在一个封建礼教的环境下因为彼此有好感,靠勇气一起离家出走了,但是勇气并不是爱情。鲁迅在这篇小说中可能并不是想探讨真爱,但是当他说出"爱是有所附丽"的时候,这个问题就出场了。这就让我们思考涓生和子君为什么在挫折下就放弃了。

"娜拉走后怎么办"之所以成为独特的问题,主要在于鲁迅对西方易卜生主义所倡导的、对中国影响巨大的个性解放提出了审视性的质疑,这种质疑的直接结果就是"还会回到原点"。鲁迅的《在酒楼上》与《伤逝》在这一点上是一致的。五四时期的"打倒孔家店"也属于中国知识分子的个性解放。个性解放的一大特点就是用"打倒、颠覆、告别"的方式来呵护觉醒的个性价值、思想自由、行为自由,但并不考虑文化是否能打倒、替换?新思想能否成为衡量各种生活质量高低的标准?个体能否承担行为的各种结果?个性自由和政治、经济、他人的关系是什么?这些根本问题不解决,个性解放必然是廉价的"一时之气",背后仅仅是快感释放而已。于是,涓生和子君回到原点,吕纬甫又回到启蒙的原点,这证明了鲁迅看问题的独特性和深刻性,也衬托出《伤逝》《在酒楼上》在艺术上的巨大生命力和影响力。"娜拉走后怎么办"的深刻的理论意义和文化意义就在

第六讲 《狂人日记》《伤逝》：文学如何审视西方人道主义？

于："出走"是维护个性和个人意志的方式，但个人意志和个体独立建立在什么之上？如果在围墙里面的人想出去，在围墙外面的人又想进来，那么个人意志又建立在什么之上？所谓封建家庭一方面既束缚了个性，但另一方面又是个人寂寞的避风港，"出走"和"回家"就都具有了个人意志实现的意义。如果涓生和子君发誓永远都不回那个封建的家，但他们俩能建立一个不封建的家吗？实际上，涓生和子君的命运根本谈不上悲剧的意义，因为如果没有新文化的启蒙，他们是否会有个性的自觉才是更重要的。只有不依赖外来思想的刺激所做出的选择才是真正的个体选择，一旦时代思潮主张回到传统，个体还可以说"不"，这才能彰显个性独立的意义，即真正的可以建立自己家园的个体，需要建立的是自己的人生信念，而不是从众性地依附时代思潮进行选择。是否离家出走，根本不是一个问题。在家里面和在家外面，都不改变自身的追求、信念，也不会因为生计问题而使真爱消失，于是涓生和子君能否生活在一起，当然也就不成为判断是否为爱情悲剧的标准了。

第七讲
《金锁记》：文学如何理解和表现中国人的善与恶？

如何理解善与恶？

我个人认为张爱玲的《金锁记》是中国现代文学史上最著名、最优秀的一部中篇小说，也是张爱玲影响力最大的一部中篇小说。这部小说数次被改编成了电视剧。很大程度上，如果我们深刻地理解了这部小说，那么我们就读懂了张爱玲，也就会理解张爱玲在现代文学史的很长一段时间内为什么会被淹没，直到20世纪80年代才重新被挖掘、发现，并且被予以高度评价。应该说鲁迅和张爱玲之间有着很多的相似点。其中最重要的是他们在创作时直面现实，直面真实感受，才写出如此真实的小说、真正好的小说。

不知读者是怎么理解善与恶的？我们可以说一件事情是恶的，但是我们是根据什么来说这个事情是恶的？是不是一定要有善的坐标，才能知道这个事情是不是恶的？反之亦如此。人

第七讲 《金锁记》：文学如何理解和表现中国人的善与恶？

类有着自己的文化,这个"文化"的概念意味着什么？人是会同时用善和恶的眼光去看待世界的,所以无论是"弃恶扬善"还是"人之初,性本善"的说法,都只不过是在善恶并存的时候所做出的选择。任何文化都是善恶并存的,这才是一种有生命的文化。把这个问题放大来说,任何文化都是精华和糟粕并存的,并因此而成为能进行生命活动的文化。仔细想想,有没有一种文明是只有善或者只有恶的？事实上我们很难找到。所以,"人"这个概念应该这么定位:"人"创造一种文化,而这种文化是能够进行善恶辨析的,然后在这个辨析的过程中,决定"人"是趋向善还是趋向恶。我们的祖先实际上是在这样的基础上才提出了"性本善"或是"性本恶"的观点的。

在此基础上我们再来看《金锁记》。张爱玲的身世和鲁迅的身世比较相似,他们都出生在一个父母亲对自己非常严厉、苛刻的家庭。张爱玲的父亲是一个封建纨绔子弟,出身豪门,据说是李鸿章的孙子,平日里骄奢淫逸、挥霍无度,还很喜欢抽鸦片烟。《金锁记》中"七巧"这个形象其实隐含着张爱玲对父亲的复杂感情。这种复杂意味着不能用善还是恶进行区分。一方面,张爱玲的文学才华是受她父亲熏陶的结果,父亲的爱使她成为一个才女,这种爱是成才之爱；另一方面,张爱玲又非常有个性,这种个性有点像她的母亲。她的母亲常常违背父亲的意志,而张爱玲也是如此,所以她的父亲后来又非常不喜欢她,甚至还和继母一起打过她。

这样的身世对张爱玲一生的创作产生了重要的影响,甚至从某种程度上决定了她作品中创造出的内容的复杂性。从成长和创作历程上来说,张爱玲在家庭中被给予了一种自信和尊严的爱,这种爱在父母的呵护下变为一种素质,受到世人的喜欢后,她就会变得自信,但是这种自信一旦在周围的环境中碰到阻力,就会产生恶,恶的方式即报复、反击、对抗。对于《金锁记》这篇小说,文艺界基本上用"以恶抗恶的人生历程"来诠释七巧,这应该包含了作家的某种心态。七巧先是在姜家大院受尽了不公平的蔑视和虐待,然后她把这种虐待转化为对自己子女的一种虐待。但是我们仔细去想想,一个有尊严、有自信的人,一旦处在一个被虐待的环境中,人的本能反应是什么?到最后我们会发现其实"以恶抗恶"是正常的人性的反应。贾樟柯的《天注定》中也展现了这样的思考。在此意义上,不能简单地说"恶"伴随着"善",而是"恶"也具有某种"善"的意味。

恶来自"唯有金钱可以抓住"的文化

《金锁记》里,七巧家是开麻油坊卖麻油的,七巧长得很漂亮,街上、镇上的小伙子们都对她情有独钟。男孩子的追求多多少少使得她有了少女的自信,这种自信就会产生梦幻般的爱情理想,使她想找到更优秀的男性。这种梦幻一样的爱情理想使七巧遇见了季泽,而且在电视剧里,季泽也同时喜欢七巧,并且允诺七巧一定会带她走。无奈事不遂人愿,姜家的老太太要给二少爷仲泽娶妻,但二少爷是个残疾人,所以一直找不到女孩子。这时候老太太看上了七巧,还同意让她做正妻。七巧又怎么乐意去嫁给一个残疾人呢?她当然是拒绝的,但是七巧的兄嫂为了钱,强迫七巧嫁到姜家。这个时候,七巧的兄嫂和姜家的人是一样的,他们都有一种"攀高枝"的想法,只不过前者是从物质上"攀高枝",后者是从身体外貌上"攀高枝"。

兄嫂想通过七巧沾姜家的光，然后给自己带来利益，所以要七巧嫁到姜家。七巧肯定是不愿意的，但是她为什么还是嫁到了姜家？因为这样她就可以经常见到季泽。七巧愿意嫁给一个瘫痪的病人做老婆，这说明她的爱情和婚姻是可以分离的。这种分离造成了七巧和季泽、仲泽之间的三角关系。七巧和季泽这种特殊的关系绝对有值得肯定的意义，但是季泽在中国的传统伦理中属于"第三者"。所以，我们以后碰到"第三者"的概念，不能只做肯定或否定的简单判断，因为这个"第三者"很可能是爱情的所在。比如宋江杀妻这个行为，宋江常年不在妻子身边，妻子出轨，他杀了妻子。按照传统观念来说，宋江是对的，但是从人性角度来说，宋江是错的，因为他没有尊重妻子的欲望，他的妻子为什么一定要守着这种名存实亡的婚姻呢？

七巧愿意做二少爷的妻子，这个行为本身很值得探讨。我们用善与恶的观念来分析一下七巧的行为。嫁人是尊重人性的，但嫁什么人却可能是一种非善的行为——或者被迫、或者图利。穿越这种行为，七巧又可以接近季泽，所以这又是一种善的目的。因此，我们不能仅仅说七巧是被兄嫂迫害，不情愿地被卖到姜家，这是一种简单的看法。七巧有一种张爱玲的性格，她们都是比较独当一面的，这也是她后来粗暴地对待自己子女的原因。一方面，七巧是以姜家二少奶奶的身份进入姜家的，可二少爷是残疾人，并没有多少地位，所以七巧在姜家也不被重视，连仆人都不拿她当一回事。正因为在姜家不被尊重，七巧肯定会产生一种捍卫尊严的冲动。情感一旦强烈，就难免会歇斯底里。另一方面，尽管七巧可以见到季泽，他们有时候也约会，但是这

第七讲 《金锁记》：文学如何理解和表现中国人的善与恶？

种约会是一种偷情，是一种隐秘的反抗。因为七巧不可能经常见到季泽，七巧的情欲是被压抑的，这时情欲的感觉会更加强烈，也会推动她的歇斯底里。七巧这种不愿意照顾瘫痪的丈夫、又不能和季泽在一起的心情，使得她越发处在痛苦状态。如果季泽真的不在反而还好些。其实二少爷对七巧也不错，但是一个人对另一个人好并不代表爱，如果一个人对另一个人好就会换来爱，那么这种爱是异化的，这种爱成了一种工具，可以买卖。二少爷虽然对七巧很好，有时候七巧甚至会感动，但是她的心里只有季泽。这是七巧对爱情非常执着的一种表现。七巧在开始的时候不是一个很看重金钱和利益的人，但她是什么时候开始对爱情失望的？当季泽骗她的时候！季泽骗七巧的钱，这件事情对七巧的打击太大了。如果季泽没有如此对待她，七巧是不是就不会是这样了？季泽喜欢过七巧，但是又骗她，这是什么情感？这在中国历史上叫"男欢女爱"，往往女性是真诚的，而男性只是寻欢。男性以欲望为主导，一旦欲望满足之后就会不在意了，但女性一旦有性爱之后往往就会爱上男性，从而发展到男性利用女性的爱情来满足自己的欲望。

这时七巧就想起她母亲说的话，女人一定要抓住男人，抓不住男人就一定要抓住钱。在中国，这个母亲说的话是很有道理的，但是七巧的母亲没有想到，就是这句话，使得七巧一生处在不幸之中。

姜家轻视七巧，季泽欺骗七巧，这些因素施加在一个女性身上，她会怎么样？金钱是身外之物，可以抓得住吗？姜家靠不住，季泽靠不住，那就只有靠自己了。靠自己有两种概念：一是靠自己的劳动成果生存,这是很理想的,但是七巧没有这种能力。七巧嫁到姜家就意味着放弃了靠自己的劳动获得幸福,就相当于今天的女孩子找到一个有钱人就把自己嫁出去。这种做法决定了一个人的命运是被决定的,不掌握在自己手中。二是靠自己寄生虫似的生活,七巧后来拼命地积攒和掠夺金钱,便加强了这种依附性。分家产的时候,七巧分到了一笔财产,之后七巧就变成了对家庭、爱情都不抱希望,只能守着金钱的守财奴了,生命的异化由此开始,突出表现为亲情的异化。

七巧有两个孩子,长安和长白。七巧在历经折磨后悟出了一个道理:只有捂住金钱才能生存。所以,她只能用这样的意念来教育孩子。"靠什么"是一种思维方式,所以很多七巧式的母亲对自己的子女灌输这种意念:靠得住的只有钱。但是还有一句话中国母亲没有说:靠不住的也是钱。于是,七巧只能成为前半句话的牺牲品。七巧先后害死了长安的媳妇,又剥夺了长白的爱情,逼着长白吸鸦片。长白最终就只能成为七巧的附属物,而这时候七巧的人性就被彻底扼杀了。但是请读者仔细想一想:自从进姜家大门开始,七巧是不是就成了姜家的附属物?而始作俑者,竟然就是哥嫂"掠夺金钱"的意识在作祟。在没有进姜家之前,七巧就是哥嫂的附属物。

应该说七巧的人性不是进姜家后被扼杀的,而是从小时候就被扼杀了,"杀手"其实就是看中金钱的功利性文化,这就是血缘等级这种依附性的文化无处不在的道理。在这种文化中,七巧认为最有意义的事就是让亲人成为对自己的依附者,这样,依附性的文化便可以代代相传,承传的方式就是"孩子要听

第七讲 《金锁记》：文学如何理解和表现中国人的善与恶？

话",不听话就要施暴。七巧经过人生磨难得出的道理就是要守住金钱,所以她只能用这个观念来教育自己的孩子。七巧希望自己的女儿过得有依靠,既然男人是靠不住的,所以必须斩断女儿的情丝,让她生活得跟自己一样,这种心理似乎已经不能用"善恶交织"来概括了。抹杀女儿人性的七巧实际上扮演了姜家和哥嫂的角色,本来她受姜家所害,现在又扮演姜家的角色来残害自己的女儿,这种负面性之所以得不到纠正,是因为其中也蕴含着合理性:人总得活下去,当所有的活路都被堵死后,便只能用扼杀爱情、亲情、人欲的方式去活。而金钱,则是使人能活下去的唯一保障。七巧虐待子女唯一能说的就是:我们只能活下去,其他一切都是奢望。但是七巧的可怜之处就在于没有思考这个问题:这一切,在子女身上真的没有改变的可能吗？男人都像季泽吗？女儿一定会像自己吗？

七巧的经历其实反映了身份不平等的单向度的爱,男女双向的爱情是一种能经历和承受苦难的情感,如果双方不能经受苦难,所谓的爱情是要打上引号的。但七巧和季泽的爱情不属于这样的爱情,所以七巧的故事不是爱情悲剧。表面上看七巧是深爱季泽的,这表现在她为了见到季泽愿意嫁给一个身有残疾的、自己不爱的人,这意味着自己可能面临一生都不幸福的婚姻,这是一种巨大的付出。其实张爱玲与胡兰成的爱情也是如此,在婚姻中拥有爱情永远是一种奢望。因此经过苦难的张爱玲,是不会对传统中国婚姻的审美理想抱有幻想的,她是用穿越传统的眼光来写自己的故事。如果七巧对季泽的爱是真爱,在季泽欺骗七巧的金钱之后,爱情还应该怎样表现:也就是说是否只能用拼命掠夺金钱的方式和掠夺子女爱情的方式来体现呢？受虐是否必然导致他虐和自虐，爱情的力量如何战胜依靠男人和依靠金钱的文化怪圈，是今天的中国作家需要在现实中去发掘和创造的。

张爱玲对传统文化和西方启蒙文化的同时穿越

《金锁记》这篇小说写于1943年,而张爱玲是1995年在美国加州的一个公寓里孤独逝世的。其实张爱玲的一生有七巧的缩影,但是她失去的和得到的一样多。孤独的代价是她的一生为中国现代文学做出了很大的贡献。在直面中国人真实的人性这一点上,张爱玲和鲁迅的作品,还有《金瓶梅》这样的作品,都具有一种揭露真相、审视中国文化问题的功能。

如何理解七巧身上的文化问题是非常关键的。我是从以下三点去理解的。

第一点,七巧对传统的封建伦理文化,有一种突破和穿透的努力,通过嫁给姜家来实现自我的意识和自我的情感价值,但是她最终没有穿越封建伦理的表现在于,她采取了扼杀人性、人情、人欲的方式对待自己和孩子,并成为封建伦理的工具和牺牲品。七巧喜欢季泽,这是她进行文化穿越唯一的正面价值,只是因为方式和内容错了,最后就也扼杀了这一正面价值。

第二点,由此我们就会发现家庭教育、学校教育是非常重要的。怎么受教育就会怎么教别人,这也是古今中外优秀作品为什么尊重人性、人欲的原因。因为文学要完成一种对文化的突破,它必须呵护文化所轻视的那一面,所以我们可以通过文学来呵护人性和人欲。这种呵护是张爱玲看中国文化问题的价值坐标,她才能发现七巧这样的人性泯灭的悲剧。依据这样的价值坐标,优秀的作家对中国文化肯定是要审视和批判的。描绘中国人的善良和纯真有的时候之所以会与看问题的肤浅相联系,欺骗与被欺骗是合作的产物,简单指责欺骗者解决不了问题。

第三点,七巧执着地追逐爱,但是她却不能认知爱的真谛,爱情的执着带有盲目性,而这种盲目性恰恰是她放弃爱情的原因。爱的真谛对于七巧来说到底是什么?七巧对季泽的爱是一种占有性的爱。七巧倒不是一定要和季泽结婚,而是希望季泽始终对她好,并且不能对别人好。一个女性如果觉得男性欺骗自己就放弃了爱情,或者觉得男性不能全心全意爱自己就放弃了爱情,这依旧是一种占有不成就放弃的爱。如果这样去理解爱的真谛,一个人就始终没有爱的能力,当然也得不到男性的真爱。爱的真谛其实是无条件的爱,当一个人处于对另一个人、另一个世界爱的状态中,他不会考虑自己的得失。而被骗属于得失范畴,换句话说,七巧的爱是希望季泽对自己有所付出。但是真正的爱并不以此为前提,就像父母对子女的爱是无条件的。如果七巧的爱是这个意义上的,她的人生不可能是如此的。当

第七讲 《金锁记》：文学如何理解和表现中国人的善与恶？

然我们不是要让七巧明白爱的真谛并实践真爱，而是分析七巧的悲惨人生其实与她的爱情观念有联系，也可以说，所有以占有为目的的爱情，往往都会以失望和失败而结束。这个时候女性就会悔不当初。七巧最后只抓住了金钱，这依然是一种占有性的思考，其核心问题在于把生存与爱情混为一谈。七巧不做姜家和男人的奴隶，但最后还是做了物的奴隶，七巧的悲剧，很可能是爱的占有性的悲剧。

这样一来，我觉得要理解《金锁记》这部作品的文学价值，以下两点值得关注：

第一，这部作品涉及爱情、欲望、婚姻、金钱、伦理的复杂关系，这种复杂性在中国文学史上是独一无二的，但重要的是张爱玲在这种复杂关系中对"以恶抗恶"之"伪爱"的审视。鲁迅的作品没有涉及这么复杂的关系，这可能与鲁迅作品的篇幅有关系。鲁迅一生没有写过中篇小说，所以很难展开这种复杂的关系，这使得《金锁记》这部作品内涵相当丰富，问题意识也比较独到。我们谈一部文学作品的价值时，它的丰富性、独特性是重要的评判标准。其中关于爱情与婚姻、金钱的关系问题可能是首要的。爱情的真谛不仅在于对待异性上，还体现在对亲人、文化及其他各个方面上，性质应该是一样的。即真爱是无条件地只为对方着想，不以对方对自己好不好为前提，而且离开对方也是真爱的一种表现方式，更关键的是，爱情是要让自己获得幸福，在爱中让人变得美丽。这样的真爱是伦理学、爱的哲学、爱的生活中非常缺乏的一个研究领域，张爱玲以七巧的一生揭示出这个问题。七巧的爱之所以是有问题的，是因为她的爱不能与挫折发生碰撞,而是把快感的释放放在了首位。这就必然要通过虐待子女来释放自己被压抑的尊严与欲望。重要的是,季泽的不爱或欺骗并不能成为浇灭七巧爱情之火的理由,如果浇灭了,这说明七巧是以被爱作为爱季泽的前提,这依然不是真爱,依然属于中国传统的男欢女爱的功利文化和快感文化。

第二,《金锁记》的独创性在于揭示出中国底层人物是以恶护善,但终被恶所覆盖和异化的命运。我们要穿越封建伦理走向现代文化,必须要将人情、人性、人欲和人的生命作为人活着的目的而不是手段。无论在现实中还是在艺术中,只有尊重了这些内容,才可以称为一个有现代品格的人,若是轻视和扼杀这些内容,就是和现代性相对抗的人。七巧的恶来自情感上的被欺骗、生存环境中的被蔑视,由此产生出用恶的方式对待世界,所以她是人性上的受害者和施害者。唯有如此她才能快乐地活下去。在这一点上,七巧的"恶"是可以被理解和同情的,但是这种恶性循环又抵消了对她的同情。这种恶在文化上是我们必须批判和改造的对象。我认为要完成对现代化进程和现代性人格的塑造,必须要对"仅仅活着——抓住金钱"这样的生存方式和性质予以批判与改造,否则我们的历史依旧会是恶性循环。

从七巧的问题中可以提炼出"活不等于活的意义和内容"这样一个重要的人生哲学问题。当意义和内容都没有的时候,那就印证了一个概念——"苟活"。苟活的含义就是仅仅活着。因为苟活使人认为仅仅活着就是一个最高的意义,它可以把一切文化当作手段,而这恰恰是中国现代化必须审视和批判的东西。在这个基础上,七巧的"恶"揭示了一个很大的问题,那就

第七讲 《金锁记》：文学如何理解和表现中国人的善与恶？

是我们在现代化中如何活，以及活的内容和质量是什么。

传统文化强调"活"，活着本身就是有意义的，活着就好。在这个问题上我已经想通了，我不追求活得很长，但是要坚持进行理论建构。有的人自杀，在我看来与追寻自己的生存意义有关。有的人在工作上太投入，缺少一种放松的张力。太投入的人生是可敬的，但是活不下去，也就谈不上活的意义，尽管活下去不等于就有意义。活与活的内容并列时，活才是有意义的，这就是张爱玲与七巧的区别。活下去是为了展示自己更好的活的内容，让生命的创造发出更灿烂的光彩，所以应该重视活本身。但是活本身不是目的，否则我们就成了七巧。如果我们仅仅抓住金钱的活，那么就很容易成为物的奴隶。这样的活是不灿烂的，人早就成了物。我们应该从哲学上去思考"物"的问题，人之所以成为人，就是因为离开了物。

因此，描述七巧的人生，可以有这样三种解释：一是一个乡下女子奋斗发家的故事，简单来说就是攀附权贵。二是一个"人性恶"代代相传的故事，这是我们文艺界对这个作品的普遍解释。三是一个不能区别爱、婚姻、爱欲三者关系的故事，这里牵涉到这三个观念及其关系的现代创造问题。

一部经典的作品，可以不断带给我们可阐释的东西，这就是我为什么讲鲁迅的《伤逝》和张爱玲的《金锁记》的原因，我认为这两部作品在中国现当代文学史上是非常重要的作品。从文学性上来说比郭沫若的《女神》、朱自清的《荷塘月色》、闻一多的《死水》更重要。

第八讲

《红楼梦》补了什么天?

《红楼梦》是什么样的小说？

对于中国古典文学名著我们应该怎么去定位？《红楼梦》是一部什么样的作品？有人是把《红楼梦》理解为宝玉、黛玉、宝钗三人之间爱情婚姻悲剧的小说。宝玉喜欢黛玉而且跟黛玉是知己，但是贾母和王熙凤等人合伙把宝钗嫁给了宝玉，那么无论从婚姻还是爱情角度来说，《红楼梦》都是一部悲剧小说，因为我们一般的看法是：无爱的婚姻和不能在一起的爱情，都是悲剧。有人把《红楼梦》理解成一部伟大的反封建小说。反封建当然可以通过各个方面来体现：宝玉对丫鬟们十分呵护，这和封建伦理是格格不入的，因此小说可以理解为是对封建等级、男尊女卑观念的反抗。但是反封建的小说何其多也。《儒林外史》是反封建的，鲁迅的《祝福》也是反封建的，"反封建"三个字把握不了《红楼梦》的特性。有人说这是一部描写女性悲剧的

第八讲 《红楼梦》补了什么天?

小说,相对于男性世界而言,《红楼梦》可以大致定义为女性世界的悲剧,但是在女性世界中是否都是悲剧,这其实还可以做进一步的思考。从爱情说起,如果我们把《红楼梦》定位为写情的作品,作品里的确有各种各样的感情,那么可以说它是一部写情的小说。但概括《红楼梦》的时候,我们需要给它下一个独特的定义,这个定义不能概括任何其他作品,否则我们就没有概括出《红楼梦》独特的意味和韵味。《红楼梦》独特在哪里?贾宝玉如果呵护的是天下最柔弱的一群丫鬟,那么读者能想到这个独特的情是什么吗?

《红楼梦》弥补了怎样的缺陷?

"女娲补天"的故事读者应该都知道,男性代表着战争,火神和水神对打,共工怒触不周山造成天塌地陷,洪水成灾,这个时候女娲出来补天,衔东海的五彩石平息了洪水,让天下苍生得以生息,这是很有现代意义的寓言。在中国,女娲和伏羲是文化的源头,伏羲代表着中国人对世界的认识,女娲代表的是一种呵护生命的文化。在此意义上,"女娲补天"遗留下来的一块顽石就是宝玉,宝玉出场是来补有缺陷的男性世界的那片天。男性的世界,也可以理解为一个权力争夺的世界,一切灾难都与权力斗争有关。而《红楼梦》也是疏离权力斗争的象征。在中国,没有任何一部作品能像《红楼梦》这样,把男性文化有重大缺陷的一面表现出来,所以这个补天的宝玉化作大观园这个生机勃勃的、五彩缤纷的、绚烂短暂的世界中的护花使者。《红楼梦》事

第八讲 《红楼梦》补了什么天?

实上并不是悲剧。悲剧是用现实性的眼光看大观园,红楼绚烂一场,最后破败,怎么不是悲剧?但是用女性的眼光看红楼世界,结果就可能是相反的,因为男性在大观园里都是龌龊的,是为衬托花朵的短暂绚烂而存在的,所以《红楼梦》也可以说是补了男性缺陷的天。古今中外优秀的影视作品,无论是《海上钢琴师》还是《天堂电影院》,有一个共同之处:这些作品里的爱情大多是绚烂、短暂的,才会震撼人心,爱情因为抵达灵魂而永恒。《天堂电影院》里的多多爱上了银行家的女儿艾莲娜,在银行家的主导下,两个人只能分开,这好像也是悲剧,但是多多依然爱着艾莲娜,爱了30年。这是一种什么样的爱呢?请注意,这30年爱情的存在形式是"念念不忘"。多多的爱是因珍藏而念念不忘,这和宝玉念念不忘黛玉有区别吗?如果这30年中多多产生了爱情焦虑,去找艾莲娜,去质问她,那么他最终不可能成为一个著名的导演,而电影事业同样需要一种爱。这是不同的爱的并立,但都是爱。从审美世界、从爱情的角度来看,这并不是悲剧,而是爱情最好的存在形式——因为我们被这样的存在形式打动了。

在此意义上,我们应该这样去理解《红楼梦》,它用短暂而绚烂的审美世界补了男性功利文化缺陷之天。它的全部的审美视角都是在看男性世界中的文化缺陷。同样,《红楼梦》也看到了女性世界受男性文化污染的缺陷,所以婚姻也是污浊的。在曹雪芹笔下,女性世界同样是有缺陷的,依附男性的女性可能都有缺陷,只有无所依靠的最底层的女性才是审美的化身,才需要我们审美的呵护。也就是说,没有缺陷的是纯情纯欲纯天然的女孩子,或者纯情纯欲纯天然的世界。什么是纯情纯欲纯天然的世界?那就是非权力斗争、非功名利禄的生命在一起的自然性情的世界,我们只有守护这个世界,生活才会真正地美丽起来,也才会有现代意义。

我认为,《红楼梦》中的爱情,是对纯粹自然性情但很软弱的女性和男性世界的爱,而不是单一的男女之爱,说男女爱情就没有涉及关键内容。爱情本身其实是没有悲剧的,只有当我们把爱情和婚姻联系起来,才会有悲剧;把爱情理解为占有然后分开才会有悲剧,所以我们会为宝玉和黛玉的爱情没有转化成婚姻而感到惋惜,会为他们的生离死别而感叹,但是爱情的存在形式并不一定走向婚姻,也不是生生世世在一起,恰恰相反,正因为宝玉和黛玉没有走向婚姻,这个爱情的短暂和绚烂反而释放了出来,这是一种彼此到死也不会忘却的思念,爱情之美是在这里。

有读者会问:就算把宝玉和黛玉的感情看作一种爱情的存在形式,他们的爱情终究是短暂的,在这段短暂的爱情结束的时候,双方必然是痛不欲生的,这样就不能算悲剧吗?

我想提问的是爱情什么时候可以结束?黛玉和宝玉的爱情结束过吗?很多人看重爱情的长久性,但是却不问这是何种长久?长久是身体上的还是心灵上的?其实,爱情可以伴随着痛苦也可以伴随着恨,但是这都不能说是结束。学术界普遍认为宝黛是爱情悲剧,大部分学者都赞同这样一个定位,其标准为是否在一起生活,但却遗忘了爱情的体验性和非占有性,更遗忘了爱情只是为对方着想的本体性,即使分离也在为对方着想,爱情

第八讲 《红楼梦》补了什么天?

怎么结束?

顺着这样的理解再来看《红楼梦》的内在世界。解释这样一个世界首先要解释男女文化关系结构。我说过,中国人对于男女文化结构的基本定位就是"男尊女卑"。《易经》有这么一个观念:有天地然后有男女,然后有夫妇,然后有君臣,男女的关系最后直接和君臣的关系结合在一起,就变成了男尊女卑。男代表着阳,女代表着阴,阳在上,阴在下,上为尊,下为卑。这是传统文化所奠定的中国男女文化结构。《红楼梦》伟大在哪里?红楼世界是一个改变了传统男女文化结构的世界,然后通过这种改变,补了男尊女卑文化的缺陷。《红楼梦》的世界观实际上是女娲的世界观,这个世界观的核心含义是:表面的"女尊男卑"和深层的"清尊污卑"。在母系社会或许还能触摸到这样一个结构,但到目前为止已经很少有这样的文化结构了,在部分少数民族中或许还可以看见。纳西族实行走婚,走婚是指男人可以随便进入一个女孩子的家,只要跟那个女孩子彼此喜欢,就可以在她家住一阵,然后跟女方生孩子,生完孩子他就可以走了。这样一种风俗实际上体现了对女性世界的重视,女性承担了繁衍及培养后代的责任。我想说的是,《红楼梦》是有现实材料的,它不只是在中国神话传说中构筑了一个女尊男卑的世界,在现实的文化世界中也有这样的资源存在。虽然《红楼梦》的女尊男卑跟少数民族的母系传统并不完全一致,但是通过少数民族这样的历史故事或历史现实,我们可以看出它的痕迹。"尊女",尊的是什么呢?女性身上有一种可贵的东西,是母性。母性可以理解为一种牺牲精神,男在上,女在下,男是天空,女是大地。地是承受的,饲养万物的。女娲从某种意义上可以说是无功利的牺牲,是超功利的,男人世界也有牺牲,但是牺牲必须要有回报。但牺牲而有回报不是女性世界的牺牲,所以在这个意义上,母性或者说女性代表了真正的爱的内涵,爱的内涵在女娲世界、在牺牲精神中体现为一种超功利性的献身,是不希冀回报的。这不是贬抑男性,而是说男性的现实功利需要女性的超功利来弥补,如此,世界才完整。

唐山大地震中有这样一个例子,一对夫妻顶着一块塌下来的水泥板,下面是他们的孩子。这对夫妻一直顶着水泥板,等着消防队员、救护队员把他们救走,这种力量来自哪里?还有一个例子,一个母亲上街买菜,她的孩子爬到阳台上突然从阳台上掉下来,母亲看到以后冲了过去,把孩子接住了,但是巨大的惯性把母亲击倒在水泥地上,头部撞到了水泥地,最终母亲没有抢救过来。消防队员之后做了相同的实验,站在母亲当时站的位置上,没有一个消防队员能接住从阳台上掉下来的任何东西,显然这个母亲的力量已经超越了动物层面上的母爱本能,体现了一种母性文化所能产生的巨大能量。这种巨大的能量用男性文化来解释可能是比较困难的,但从大的方面来说,我觉得即便是父爱,可能也不如母爱那么伟大和无私。所以"尊女"的内涵应该定位在一种无私的牺牲精神上,这和我们对女娲的理解比较一致了,即"尊清",尊重清纯自然的世界。这种清纯自然是人性欲望自然的、不确定的呈现,类似宝玉和丫鬟们在一起嬉戏时也会有肌肤之亲,所以这里的"清"是表里如一的透彻。

如何理解宝玉的不专一?

　　如何理解不同的爱的关系很重要。在托纳多雷的《天堂电影院》里面,放电影的老头为什么逼着多多离开故乡不再回来?那是因为创造一片更大的、更新的天地去自我实现同样是一种爱,而且是一种伟大的爱,否则多多就会是老头的写照,他的一生只能做一个小放映员。当现代社会来到的时候,这个放映员就要失业。这个老头对多多的爱是一种让多多去自我实现、自我创造的爱。如果老头让多多留下,那这不是对多多的爱,而是对多多的占有,只是让他承接放映电影的工作,这是自私的考虑。为什么我们看见很多作品说的是子承父业?这样的一种爱是带有占有性的、承传性的,严格地说不是爱,因为这不是在为孩子着想。很多人说,两个人如果真心相爱,应该想办法一直在一起。从这个意义上,如果多多爱上了艾莲娜,那么他的心就应该始终牵挂在她身上,一生都用来追求和她在一起。但是多多离开了艾莲娜,这能不能叫不专一? 这种爱的关系该怎么解释? 我认为,追求自己的理想和个体的男女之爱是很难兼容的,这就是所谓的事业和爱情的矛盾。用最基本的概念来解释:如果一个人把男女专情之爱视为至上的世界,那么这个人在事业上、在更大的天地中就不可能付出他的爱。请注意,这不是不专一,或者说这种"不专一"包含的其他的爱同样是非常伟大的,因为我们对世界的爱不仅仅是异性之爱,我们对整个人类、对整个民族都是有责任的,对自我实现也是有责任的,而且需要付出很大的精力、时间和心血。这在客观上造成了一个人没有办法把自己所有的精力都投入在男女爱情上,做不到对所爱之人无微不至的呵护,不可能时时陪着对方。他在做着其他的、也是出于爱的事情,这种"不专一"我认为非常重要。

而呵护所有柔弱清纯的女性,在中国爱情伦理文化中是缺失的,《红楼梦》是要补这个天。补这个天的具体内容是什么? 我们先来看"妇女解放"这个词。我认为"妇女解放"这个词是有问题的,应该是"人的解放"。"人的解放"的一个基本含义是:人人相互尊重,男性对女性应该是这样的,男性对男性也应该是这样的。如果人人是等级关系、权力关系、功利关系,这就是非现代性的。因为尊重女性,而且对女性给予平等的欣赏和喜欢,所以宝玉对晴雯这样有个性的丫头是很欣赏和喜欢的。红楼世界里的每个女孩子的性格特点都不一样,宝玉都非常欣赏和喜欢。站在一个男性的文化视角中,女性世界是五彩缤纷的,每个女性都有她的特点和优点,我们都可以欣赏,而且都可

第八讲 《红楼梦》补了什么天?

以予以呵护和尊重,如果一瞬间产生了恍惚的感觉,没准也会有亲热的举动。我认为这就是宝玉的"不专一"的爱。而所谓"专一"的爱就是,一旦一个男性爱上一个女性,他对其他女孩子的优点、特点,包括审美中可以打动人的部分视而不见,或者用伦理观念克制这种生命冲动。在此意义上,传统文化对生命力的轻视也是需要"补"的。

铁凝写过一篇叫《四季歌》的小说,我曾经写过一篇评论,题目叫"男人的爱"。这篇小说写一对男女坐在公园的凳子上谈恋爱,然后这个男人就数落以前女朋友的不是,等他数落完了,才发现身旁的女朋友不见了。因为这个女孩子在男朋友数落前女友的时候想:将来我会不会也被他数落?所以,一个男人即使爱今天身边的女人,他对他以前交往的女性也应该是尊重和呵护的,这样才能保证他现在交往的女性能得到真正的尊重和呵护。这就属于宝玉的爱。我们在谈每一个个体之爱的时候,首先必须理解男性和女性性别意义上的爱,这种爱就是宝玉的超越专一性的爱。我们因为不理解这种爱,就用一个稍微带有贬义的词——博爱,把宝玉打发了,而这个词捍卫的就是传统的伦理文化。宝玉是穿越欲望的,欲望可有可无,完全看感受和性情,宝玉不受"欲"的困扰。不受"欲"的困扰,即"欲"是不确定性的,会突然地产生,也会突然地消失,完全受感觉的支配。宝玉对宝钗也好,对袭人也好,对其他女性也好,都会产生欲望,但是他心不在此,不在欲望上,而是在"怜"上。因此,宝玉不会沉迷于"欲",他是穿越欲望的。这样的人不可能成为西门庆,也不可能成为柏拉图,当然就是"另类"。宝玉和黛玉的交往更多的是在精神层面上,但是宝玉和其他女性也有欲望性的东西,这就使得宝黛之间的精神之恋无法纯粹。这就像《挪威的森林》中的渡边一样,他和直子、绿子之间的关系也与宝黛有相似之处。宝玉的情感结构是不纯粹的,对黛玉,可能情感性、精神性的东西多一点。名利的东西宝玉不拒绝,虽然他心不在此,但也得做做样子,也得读读书。

我们在宏观上理解了《红楼梦》是一部什么样的小说,大观园是一个什么样的审美世界,然后用这个世界的结构来看宝玉的爱的结构,所以《红楼梦》是美得通透的,它的各个方面和层次都是一致的。我们看着既亲切又觉得特别超脱,在此意义上,宝玉也不可能看破红尘,因为他原本就没有在意过红尘世界里的恩恩怨怨。

穿越文化观念的
文学经典

第九讲

猪八戒为什么是
真正的主人公？

孙悟空吃蟠桃和猪八戒吃西瓜

很多人说《西游记》告诉我们一个道理：人要经受磨砺才能取得成功。但轻视人性、人欲的磨砺是不是有意义的？是不是所有的成功都是有意义的？去西天取经反映了中国人怎样的一种思维方式？为什么是取经而不是创造自己的经？怎么理解《西游记》里的英雄性？孙悟空这样的英雄专门打什么样的妖怪？相比较而言，我们不会认为猪八戒是英雄，但是《西游记》的深层意蕴是肯定英雄还是消解有问题的英雄的呢？

《西游记》里的天庭代表的是道教文化，孙悟空的师傅是菩提祖师，也代表了道教文化。在吴承恩的思想里，佛教的思想比道教要高一个层级，孙悟空去西天取经之后，似乎象征着他从道教向佛教转变。但吴承恩在小说里也奚落过佛教，说明吴承恩有自己的想法和看法。

第九讲 猪八戒为什么是真正的主人公?

孙悟空大闹天宫的导火索是蟠桃会,因为只有各路神仙才有资格参加蟠桃会,"弼马温"这种什么也不是的官当然没有资格。猴头一气之下大闹起来,把天庭搅得天昏地暗,但最终还是被如来佛一巴掌打落到了五行山下。猪八戒被贬下界的原因也是蟠桃会,他当然不是因为没有"入场券",可这家伙没见过偌大的酒席阵势,借着酒劲居然跑到广寒宫去调戏嫦娥仙子。结果他被打了两千棒槌后贬到凡间投了猪胎。这两个人天生一对,都是蟠桃会的捣乱分子,这就产生了文学疏离文化的张力,于是吴承恩干脆请他们俩出山当主角。这里面有没有吴承恩的小说立意呢?

要弄清这两个捣乱分子的角色,只要知道孙悟空偷吃蟠桃和猪八戒偷吃西瓜的区别就行了。孙悟空听说蟠桃是仙桃,六千年一熟,吃了会体健身轻,长生不老,大喜,便偷吃光了园中的大桃。而猪八戒偷吃西瓜,则是唐僧师徒一路上没吃的,趁孙悟空去果园里摘水果时,竟然弄到了一个西瓜,切成四份后,他把自己的那一份先吃了,吃完以后觉得不够,就把孙悟空的那份也吃了,吃完觉得还是不够,于是把沙僧的、唐僧的也都吃了,这才心满意足。偷吃蟠桃是为了长生不老,这说明孙悟空与他打的那些妖怪其实没有根本区别,妖怪们吃唐僧肉也是为了长生不老,与封建帝王祈求长生不老似乎没有什么区别。这不是为吃而吃,也不是为好吃而吃,所以吃蟠桃的"吃"是工具。但八戒吃西瓜和长生不老没什么关系,纯粹是好吃而贪吃,顶多算一个"吃货"。"好吃"的人在传统伦理看来肯定是胸无大志而品性不高的,所以小说要把猪八戒的形象丑化成猪头大耳,写成是抢夺民女的。猪八戒在高老庄想娶媳妇,竟然把高翠兰锁在屋子里,这和抢亲似乎也没啥区别了。一个尊重女性的男性按理说是不应该这样的,但猪八戒的长处在于不会强行占有,这似乎是一种抢而不占,也算是一种尊重吧,只把高翠兰锁在一个不见天日的房间里。如来说猪八戒好吃,能把坛子舔干净,就封他为"净坛使者",让他跟着唐僧去西天取经,这其实就是要磨砺他不能再有谈婚论爱方面的欲望。这对于满身七情六欲的猪八戒来说怎么受得了,所以猪八戒取经路上只能消极怠工,不仅不断念叨取经肯定会失败,而且见到漂亮女性就兴高采烈。但猪八戒在娶媳妇、追女孩子这类事情上基本都是失败的,这意味着猪八戒在欲望实现方面是很残废的,这残废至少有尊重而不抢占的因素。相比而言,孙悟空的特长在"打",猪八戒的特长在"吃",这种区别又意味着什么?可以说孙悟空一路上打的都是"好吃"的妖怪,而猪八戒一路上在消解孙悟空的"打";孙悟空只看是不是想吃师傅的妖怪,猪八戒只看是不是漂亮的人,任其是不是妖怪。唐僧是神圣的象征,孙悟空捍卫的就是这种神圣性,所以也可以说是神圣的工具。猪八戒一路上只照料师傅的身体,并不管师傅是何方神圣,这就具有消解神圣叙事的意味了。

这也意味着,轻视人欲、霸王思想等都可以从孙悟空身上体现出来,这不是活脱脱的一个传统文化思想的化身吗?而猪八戒正好相反,看重人欲,只图快活,当官不像官,不轻易打女人。我们欣赏孙悟空,嘲笑猪八戒,会不会是我们的阅读和理解本身就存在问题,从而没有真正读懂《西游记》?

孙悟空和猪八戒谁是英雄？

怎样理解孙悟空身上的英雄性是首要的，只要我们注意到孙悟空打的白骨精和妖怪们是什么，就能知道孙悟空的"打"存在什么问题了。孙悟空是绝不会去打如来佛祖的，这和《水浒传》里的宋江只反贪官不反皇帝似乎很像，也就是说孙悟空打的都是同类中的"坏人"。但什么是坏人，不同人的回答是不相同的。从统治阶层来说，破坏宏大叙事、捣毁神圣性的人都是坏人，所以想吃唐僧肉的都算是坏人。

但是猪八戒和妖精们只感兴趣于美色及欲望，所以在他们看来什么是好人坏人这个问题根本不重要。孙悟空打不过太上老君座下的青牛精，只能和如来掌控的妖精斗，那么要太上老君判断谁是坏人就很难说了。当然如来也不会说老魔牛就是坏魔牛，因为那是太上老君的宝物。因此，关于坏不坏这个问题，就看一个人处在什么样的立场了。猪八戒的爱情悲剧与猪头有关，却与心灵和感情无关。西天取经后猪八戒又重新回高老庄去找高翠兰，一路上变成了帅哥，当然就很容易抱得美人归。这说明女性不仅看男性是否会心疼人，还要看其帅不帅、性感不性感，这都与人性、人欲有关。但是相较于帅不帅，心疼和尊重女性是不是更重要呢？

我想问读者的一个问题是：猪八戒追求女孩子都失败了。那么喜欢和爱一个人，但对方却没有感觉，甚至有些反感，若依然不放弃，这是否算爱情的力量？或者说，爱情是单方面的还是一定要彼此喜欢？

爱如果以对方对自己好不好为前提，这是功利性的考虑。功利性的考虑之所以不是真正的爱情，是因为把爱的无私奉献当作了获利的工具。爱情是双向的也可以是单向的，重在只为对方考虑。《西游记》中的四个男人，大概只有猪八戒是为女性着想的，我把这解释为"心疼人"。那么在关怀女性这一点上，猪八戒是不是也是英雄呢？比较起来，孙悟空喜欢在花果山上做大王以及大闹天宫，这又是一种什么意识呢？

我们可以想一想，如果孙悟空不是嫌弼马温这个官太小，如果给他一个大官做，还可以参加天宫的盛会，他是否还会大闹天宫？有人会说孙悟空觉得自己是一个非常了不起的角色，他也配拥有这样的权力，因为他在性格方面比较自大，但他还是听观音的话的。观音菩萨代表着佛，佛在大家的观念中都是比较完美的。不过，《西游记》中有的妖魔来自佛界，这其实也证明了佛并不是大家想象中的那么完美。比如观音菩萨养的那条金鱼

第九讲　猪八戒为什么是真正的主人公？

就是一个例子，观音菩萨希望通过感化、教导这种手段使之成佛，但这是一种理想状态，每一种动物不可能都会达到这样的状态。这样写，作者应该也是表达了对理想状态的怀疑和反思吧。

有人会认为，那条每天都听观音菩萨讲经论道的金鱼，反而变成了妖怪，这是很讽刺的。这应该和当时的社会背景有关系，这个故事可能就是在讽刺佛教。

可以请读者思考一下银角大王和孙悟空之间有没有什么一致的地方？孙悟空一路上都在打什么？有人会说，孙悟空打的都是一些妖怪和神仙的坐骑。但他们其实都在反抗一种东西，他们的世界观是三界六道，他们都在修道，只不过他们修的道和神佛的那些道不一样，道不同，但可能也会殊途同归。

读者又是如何看如来和唐僧的形象的？有没有觉得其实唐僧就是如来的化身？他们都管制着孙悟空，孙悟空常常想反抗，最后还是受不了唐僧的紧箍咒，就像他逃不过如来的手心一样，这里是有同构关系的。这说明孙悟空的身上也有局限性。从某种程度上讲，功名利禄、长生不老这些意识在孙悟空身上也存在着，而这些东西和他的自由实际上是相悖的。孙悟空大闹天宫还与他的与封建文化相符合的意识有关：官本位、享乐主义，如果是这样，他身上的英雄性又该如何理解呢？是七十二变的技艺英雄？还是能打善变的英雄？

西天取经的依附性和猪八戒的批判性

　　西天取经,与封建文化中最重要的一种思维方式有关。这种思维方式在刘勰的《文心雕龙》里面就已经提出来了——"宗经"。"宗经"在民间代表着崇奉祖宗,祖宗的话是不可不听的,祖宗的话就代表着天,就代表着天道天理。在官方就代表着等级秩序,所以现实中的统治者要使他的话语有力量,就往往会以"奉天"和"上天"这样的名义出场,这代表的是绝对权威,老百姓不得不听。在知识界、学术界就以"六经"为代表。"六经"是传统文化的六大基本经典,是传统文化发展中一直遵循并且崇拜着的经典。尽管后人可以对"六经"做新的阐释,但这六大经典本身是不可撼动、不可颠覆的。在《西游记》里,师徒四人为什么要到西天取经?那就是唐代文化开放以后,唐太宗也逐渐认识到能体现权威的经典不一定就只有这六大经典,在异域世

第九讲 猪八戒为什么是真正的主人公？

界里也会有经典。在政治上这当然是开放的态度，比"独尊儒术"好得多。那个时候佛教正好是印度影响世界的最大宗教之一，所以就有"取经"(《大乘佛法》)这么一说。不管西天取经是否是国家行为，到严复翻译达尔文的《进化论》以后，中国整个的现代文化依然是取经和宗经的思路，将西方的思想拿来和儒家思想构成冲突状态，而从未努力地去创造自己的现代哲学思想。百余年来，我们都在不断地"拿来"西方的各种经典，一直到现在的后现代理论，依然如此。所以学习也好，修身也好，养性也好，都是以经典为学习和阐释的对象，这是中国人集体性的文化思维所致。也因为此，从现代性文化创造来看，一百多年来我们一直缺少对西方经典和儒家经典的批判、审视及改造，缺少用自己的感受和问题去挑战经典，也就缺少基于这种批判性思维展开的理论思维教育，当然也就不会在这个意义上去解读《西游记》。我认为这种缺乏正是中国现代文化一直没有自己的理论主体性的原因，也是我们一直依附主流文化来肤浅地解读中国文学名著的原因。

《西游记》其实是借小说的形式表现出对宗经、取经的一种消解，这种消解其实就是中国文化自己的现代性资源：通过质疑缺乏具体取经意义和内容的宏大叙事，为个体生存确立空间，这主要是借猪八戒来体现的。猪八戒一路上讽刺也好，调侃也好，消极怠工也好，都是这种消解的具体体现。《西游记》的基本故事情节是唐僧率三个徒弟和一匹白马，一起去西天取经。里面的关键人物、最世俗的人物是猪八戒。他代表着日常的、人欲的、人情的一面，来消解"为什么要取经""为什么要历经磨难去取经"以及"磨难为什么要通过杀戮来表现"这些宏大叙事。这是以小说的形式对宗经文化的一种审视,或者说是一种批判。但这种审视和批判非常隐晦,常常在读者的会心一笑中完成,猪八戒就具有这样的功效。会心一笑虽然在文化的意义上也会消解这种审视和批判的力度,从而使读者不会往深处去思考,但即便如此,这种微弱的批判力度却构成了一部文学经典不可缺少的疏离主流文化的张力,也构成了中国文学经典对主流文化的"非对抗性"的批判特点。《西游记》最重要的文学价值就是具有消解、审视、批判正统文化思维的文学功能。如此一来,才会通过文学让我们更接近人性、欲望、感情和日常生活,而这些东西在经典中是被教化、克服、克制、审视和压制的。在此意义上,猪八戒当然就是文学意义上的真正英雄。这种英雄性的实质就是对轻视人欲的主流文化的穿越。

  《西游记》中的妖怪都是一种日常的、欲望的化身,他们和天庭、如来、观音之间的关系就代表着日常生活和宏大叙事的一种冲突关系。这种冲突关系使得这些妖怪对这种文化既有依附性的一面,又有进行挑战和捣乱的一面。而这种文化要维持统治地位,就得利用一种人来制约另一种人,这就是孙悟空一路上降伏妖魔的本质所在。如果在这个意义上理解《西游记》,那么孙悟空的英雄性就要打上一个问号。对于孙悟空来说,他有世俗功名的欲望,是扼杀人欲的英雄,这还是现代性所倡导的英雄吗?吃唐僧肉,不是因为他的肉好吃,而是吃了可以长生不老,所以唐僧其实是佛的化身,吃唐僧肉这种行为隐含了挑战佛的意味。佛性是主张禁欲的,吃唐僧肉其实是一种欲望化生活、人

第九讲　猪八戒为什么是真正的主人公？

性化生活的象征，这是对佛性文化的消解。

基本上，唐僧代表的是佛性，孙悟空代表的是英雄性，沙僧代表的是平凡性，而猪八戒代表的是食色性，他是七情六欲的化身。这四个男性正好组成了中国男性世界的四种角色、四个方面。唐僧是没有七情六欲的，孙悟空的英雄性则更多的带着一种盲目性，但如果读者不站在一个更高的层面上去看的话，也无法看到他盲目的一面。沙僧，默默无闻，但他身上最大的问题就是他离现代性其实是最遥远的。个体意识在沙僧身上几乎很少能看出来，他就像动物世界里的绵羊和兔子，几乎是一个被欺负的对象。读者肯定都比较喜欢绵羊和兔子，而不会很喜欢狮子和老虎，但究竟何人才拥有争夺资源的权力？是狮子、老虎而不是绵羊、兔子。

第十讲
《水浒传》的表层内容和深层意味

对《水浒传》一些问题的探讨

电视剧《水浒传》有好几个版本,这几个版本都存在问题,所以我们看哪个版本都是可以的。因为基本情节没有太大的差别,关键是通过相似的故事、人物,我们怎么去更深入地理解作品,尤其是把握这部作品最深刻的、最独特的内容。我想先提出几个问题。

第一个问题:武松怒杀潘金莲和西门庆,与武松怒杀蒋门神和张都监有什么区别?蒋门神打不过武松,被武松教训了一顿,然后就去找他的靠山张都监帮忙,张都监就雇了两个杀手一路上想谋害武松,结果没有杀掉武松。武松回来复仇,把张都监和蒋门神都杀了,血溅鸳鸯楼。而武松怒杀潘金莲、西门庆的细节,在《水浒传》不同版本的电视剧中都有表现,在《金瓶梅》中也有所表现。西门庆和潘金莲这两个人用我们伦理性的话语来

第十讲 《水浒传》的表层内容和深层意味

说,叫"勾搭成奸",他们合伙把武大郎谋杀了。武松回来复仇,把他们两人和中间人王婆都杀了。这两种杀人有什么区别?从今天的人性角度或者从文学性的角度看有什么问题?

第二个问题:读者最喜欢梁山好汉中的哪个英雄?梁山好汉中谁具有独立自主的品格?回答这样一个问题有助于我们从现代性的角度去看《水浒传》,也有助于我们理解作品的艺术穿越性。

第三个问题:李逵的"忠义"和宋江的"忠义"有什么区别?梁山泊不是"忠孝节义"的"忠义堂"吗?高举"忠义"大旗的背后意味是什么?中国传统伦理文化是推崇"义"的,也讲"重义轻利""忠孝不能两全","义"是一个很高的存在符号,"不义"是一个贬义词。兄弟之情、朋友之义、君臣父子都可以作为"义"的内容。李逵的"义"和宋江的"义"肯定有共同之处,但肯定也有区别之处。因为宋江基本上是一个只反贪官不反皇帝的形象,自己从来不会想到去做皇帝,但李逵却经常说"要把皇帝老子也拉下来,让我们宋公明哥哥做皇帝",那么这种区别体现在"义"上又是什么呢?

第四个问题:怎样理解《水浒传》的表层和深层内容?我们今天对《水浒传》的理解基本上都是表层的:只反贪官、弃恶扬善、拳打镇关西、农民起义、"官逼民反,民不得不反",这些基本上都是《水浒传》最主要的内容,但不是作品的深层内涵。那么作品深层的内涵是什么呢?

第五个问题:梁山大军奉旨打方腊说明了什么问题?这和宋江的"忠义"有没有关系?为什么农民起义是只反贪官而不

反皇帝的？这样一面旗帜说明了农民的什么问题？这样一种文化在今天看来有什么问题？

有读者会觉得中国农民起义的最终目的还是为了帮助统治者去统治人民，所以他们就像鲁迅说的那样，本应是变革的人，到最后又变成被变革的人。

有读者说最喜欢花和尚鲁智深，因为他的性格特征非常突出。首先他乐善好施，见义勇为，疾恶如仇。他三拳打死了镇关西，为妇女伸张正义。其次鲁智深有勇有谋。比如他在路口堵住镇关西，就是为了戏弄他，拖延时间，直到把金氏父女送走。再者，虽说鲁智深有时候比较放肆，每次喝酒后都会发酒疯，但他性格中还有很善良的一面，他倒拔杨柳后，吩咐街上的小混混把树上的鸟窝放到安静的地方去，就能说明这一点。

有的读者喜欢林冲。林冲外号叫"豹子头"，是八十万禁军的教头，就是这样一个响当当的人物，在妻子被高衙内当众调戏后，其做法是隐忍而不是抗争。即使后来被发配到沧州，有可能会被人陷害，他也依然是隐忍的。他有一种忍辱负重的处世态度。

也有读者比较喜欢李逵，因为李逵的优缺点都挺突出，是一个很真的人物，而且他对他的母亲很孝顺。

还有读者比较喜欢宋江，因为宋江是及时雨，他也比较仗义，但也并不是没有城府的，所以他能够坐上梁山头领的位子。

我个人最喜欢的是燕青，因为他最具有独立自由的品格，而且燕青多才多艺，几乎是一个全能的英雄。他是卢俊义的手下，但是他经常指出卢俊义的问题，而且好几次都是靠着燕青的机

第十讲 《水浒传》的表层内容和深层意味

智,帮助卢俊义渡过了险关。燕青并不是像李逵一样完全听大哥的,卢俊义虽然是他的头领,但是他和卢俊义的关系不能用忠心耿耿来简单描述。实际上我认为他们是平等的关系,燕青才能经常指出卢俊义的问题。在《水浒传》里很少写到英雄的爱情,但燕青是个例外。京城名妓李师师喜欢燕青,李师师这样的人物应该是什么人都见过的,那她为什么会喜欢燕青?我觉得一方面是因为燕青的多才多艺,另一方面是因为他的潇洒自由、风流倜傥,这是一种性格上、人格上的魅力。但是燕青并没有依附于李师师的这种情感,他和李师师虽然有交往,但是更多的是为梁山的事而进行的交往。当然他可能比较欣赏李师师,但是总体来说,他在和李师师的关系中,体现出了一种自由潇洒的品格,我比较欣赏这一点。招安以后,燕青游走江湖,去哪儿不重要,关键是他始终处于一种自由的、独立的、游动的状态中。这使得梁山好汉中最具有独立品格的差不多就是燕青,而鲁智深最后还是要回寺庙里。其实对于中国古人来说,想回家、想去原来的住地或工作的环境是一种普遍的想法,所谓"安土重迁",由此可见他们是有所束缚的。而那些以游走江湖为安身立命方式的人,我觉得是最具有自由品格的。这就有点像西方的流浪汉,有点像《泰坦尼克号》里的杰克、《廊桥遗梦》中的罗伯特,家对于他们来说是客栈,栖息以后他们依然走在路上。所以,燕青不受梁山悲剧的制约,也不受功名利禄的制约,而且更重要的是,他也不受情感和亲情的制约,在这一点上,我觉得燕青是一个值得称道的人。某种程度上,他身上是具有现代性品格的。这种独立自由的品格和我们理解作品的独立性、独特性也是有内在关系的。而真正有价值的人往往隐藏在民间,在小说中也往往是边缘人物,常常不被我们注意。边缘化提供了观察世界的一种独特的个体化视角,所以会具有突破既定文化框架的品质。我们喜欢的人物往往是呼风唤雨的中心人物,这是否反映出我们思维方式有问题呢?

武松血溅鸳鸯楼的问题在哪里？

有读者说，武松跟蒋门神应该是不认识的，他杀蒋门神原因是施恩有恩于他。古代人重情重义，既然你有恩于我，对我又这么好，那么我有恩必报。施恩对武松说蒋门神抢了妇女，霸占了他的酒店，还非常自负地说"普天之下，没有我一般的了"。如此自负的言论激怒了武松，所以武松才杀了蒋门神。至于西门庆和潘金莲的事，潘金莲是武松的嫂子，却背着武大郎与人通奸，还和外人合谋杀了武大郎。虽然是嫂子，但与武松有不共戴天之仇。本来武松想向官府告发这两个人，想通过正常的法律途径解决事情，但是知县收了西门庆的好处，官官相护，于是武松只能杀了他们。这个想法、这种事情在当时看来是很正常。区别在于一个是知恩图报，一个是杀人偿命。

我认为，武松血溅鸳鸯楼与怒杀潘金莲的区别问题，直接牵涉到我们应该如何深刻地理解中国的侠士。毫无疑问,武松是一个侠士,从他打虎开始,就注定他是一个神一样的、侠义的英雄。我认为他怒杀潘金莲、西门庆是正义的。正义在哪里?就是一命抵一命,潘金莲和西门庆合伙杀了武大郎,那么这两个人都是杀人犯,原则上就都应该绳之以法。当然武松把王婆也杀了是一个可以讨论的问题,因为杀武大郎虽然是她的主意,但她并没有直接参与谋杀,绳之以法的方式应该有所区别。

在杀蒋门神和张都监的时候,武松说:"一不做,二不休,杀一百个,也只是这一死。"所以,武松血溅鸳鸯楼,把张都监家的妻儿侍女都杀了。这样的细节暴露的问题可能被读者忽略了。那就是冤有头债有主,杀张都监可以理解,但把他的妻儿侍女都杀了,这和皇帝株连九族有什么区别?是不是也是一种草菅人命?如果我们的武侠英雄也是不尊重生命的,杀人是不是受愤怒的情绪所控制,而不是受"冤有头"的理性所控制的?武松所体现的这种缺陷其实正是皇帝可以草菅人命的文化基础,也是"侠"根本不可能改变中国传统文化结构的原因所在。无论是儒侠还是义侠,如果不能区分该杀和不该杀的界限,或者在"他们是一伙的"判断之下就滥杀无辜,从现代性角度来说,"侠"就是反思的对象、批判的对象。施耐庵正是在这一点上体现出对"造反"所依赖的"侠文化"的审视性思考。"血溅鸳鸯楼"不是作家认同的对象,而是作家反思的对象。与这种反思相关的其实还有梁山好汉攻打祝家庄后,祝家老幼皆被李逵以一把板斧杀了个一干二净,这与武松血溅鸳鸯楼有什么区别?作为俘虏的扈三娘被宋江许配给好色之徒王英,是否尊重了扈三娘的意

第十讲 《水浒传》的表层内容和深层意味

愿?梁山好汉看到王英娶扈三娘,都称颂宋公明真乃有德有义之士,但此种"有德有义",正是不把女性当人的"德"与"义"。如果电视剧《水浒传》不尊重小说的原意,硬把王英塑造成一个善解人意、尊重扈三娘个人意愿的英雄,我们自然无话可说,但这违背了作家的批判性意愿。

不尊重人的生命,用牵连的思维把所有人都杀了,这是非现代性的观念,这也意味着"侠"对生命是不尊重的,在现代性视角下不是英雄。所以,金庸写《鹿鼎记》和《连城诀》的时候,已经不把希望放在"侠"身上了,因为"侠"杀的人太多了。传统伦理文化对生命的不尊重,表现为生命是从属于大义而随时准备牺牲的,却不去追问这个大义是否尊重生命,也不去追问生命和权力何者为重。这种牵连思维落实在我们的生活中就是:我们会因为一个人过去有错误就认为他终身有问题,这也是对人的可能性的不尊重,因为没有人是不犯错误的,也没有人会永远改正不了错误。一个人犯了大错,我们总是会提起他的错误,这其实就是扼杀了人的可能性,也就是要求人永远蛰守一种规范不能越雷池一步。任何人都会犯错误,犯了错误如果能够及时改正,我们依然可以对这个人给予肯定的评价。即便当时不能改正,也应该给这个人改正错误的空间和时间,这才是对人的主体性、可能性的尊重,也是对人的自由和反思的尊重。我认为最新版的电视剧《水浒传》注意到了这个问题,没有让武松把丫鬟杀掉。应该说,不管这个丫鬟是受指使也好,受蒙骗也罢,这与主子策划及谋杀武松是有区别的。武松其实也不应该简单地杀张都监和蒋门神,其实还可以有其他的处理方式。我认为在看到

穿越文化观念的文学经典

电视剧中武松怒杀蒋门神、血溅鸳鸯楼的时候,我们应该感到很惆怅。"一不做,二不休,杀一百个,也只是这一死"固然痛快,但如果我们看了以后也觉得杀得对,杀得痛快的话,那么问题就大了。

怎样理解《水浒传》的表层内容和深层意味？

有人说《水浒传》既是一部经典的小说,又是一部流行的小说。作为流行的小说,它迎合了大量读者的心理诉求。《水浒传》讲各形各色的英雄人物,然后通过塑造百姓眼中的英雄人物,获得大家的赞赏。因为普通百姓也想过上那种大口喝酒、大块吃肉的快意恩仇的生活,所以说它表面上是迎合了大众的阅读需求。但更深层的,是要引发读者对传统思想的思考。

我认为要探讨《水浒传》的深层意味,首先我们应该建立一种批评坐标。那就是作品是写人还是写强盗的?当年周作人先生就认为《水浒传》是写强盗的而否定之。事实果真如此吗?强盗和人是否构成作品的表层内容和深层意味?这是我们应该探讨的。

先看李逵和燕青,这两个人物就具有作品表层内容和深层意味。李逵只有一个老母亲,没有妻儿,更没有爱情,这是李逵和燕青很大的区别。李逵身上没有七情六欲,其实《水浒传》里的这一百零八将基本上都没有七情六欲。"矮脚虎"王英是一个好色之徒,应该是有七情六欲的。攻打祝家庄的时候想要把扈三娘娶为妻,"色"支配了"情",所以只能叫"矮脚虎",也即健康人性、人情的异化。中国的"侠"始终没有七情六欲,因为这是在伦理大义、兄弟之义、民族矛盾中表现出来的英雄气概,七情六欲基本上就被搁置和牺牲掉了,英雄性才由此显现。这就是《水浒传》人物的表层内容、主导性内容。但是如果不受这一层内容的约束,那么深层的意味就是"情、义、性、欲"并重,这才是对人性的尊重。这在浪子燕青身上可以体现出来。真正自由的人对义气、爱情、人欲都是尊重的。既然都是尊重的,就不会被某种"情、义、性、欲"所束缚。燕青对京城名妓李师师是尊重的,也有爱情,不像宋江那样仅仅想利用李师师,而叫李逵去见李师师,那是八竿子也打不到一起的人。人的自由性和独立性在燕青身上就能相对显示出来,也是在这个意义上,《水浒传》是有表层内容和深层意味的。表层内容依附"忠、孝、节、义",深层意味则具有解构表层内容的功能。如果说《水浒传》写的是强盗,那么这只是看到了表层内容,而没有看到深层意味。

在"忠""孝"的关系上,宋江与李逵也构成了作品的表层内容和深层意味。李逵把兄弟之"义"和对老母的"孝"作为天,宋江虽然重视兄弟之义,但是兄弟之义在宋江那里不是最高的,皇帝、朝廷、社稷是宋江最高的"义",这种"义"就属于"忠"了,

第十讲 《水浒传》的表层内容和深层意味

"忠"大于兄弟之义。兄弟之义在宋江这里是随时可以牺牲的，所以梁山泊才叫"忠义堂"——"忠"在"义"之前。我说过，"小我"从属于"大我"是儒家伦理文化，儒家文化虽然重视"小我"的兄弟之义，但是与"大我"发生冲突时是可以牺牲的，兄弟之义便具有工具的性质。某种意义上，宋江利用了兄弟之义来从属于他所认为的"大我"，这是梁山悲剧的重要原因。当兄弟之义和"大我"（包括朝廷、天下、社稷、皇帝等）的意念发生冲突时，李逵是可以反抗"大我"的，即便让宋公明哥哥当皇帝，那也是对"大哥"的绝对推崇所致。但宋江就不同了，为了归顺朝廷，兄弟之义最后都被宋江葬送了。这也是宋江和李逵等众兄弟们的最大区别，所以众兄弟们某种意义上成了宋江的牺牲品。宋江的才能、人格魅力、韬略都是兄弟们佩服他的一个重要原因，但是他利用了这一点，实际上也牺牲了兄弟之义。

从小说的情节发展看，作品也有表层内容和深层意味。那就是从打方腊开始，情节的发展开始审视梁山起义的性质。在打方腊之前，兄弟之义是对抗以高俅为代表的贪官污吏。如果社稷、朝廷为贪官污吏所操纵，那么当然就是造反有理，甚至也可以把皇帝老儿拉下马。小说中最精彩的最吸引人的故事，也正在这一部分。但是从打方腊开始，"义"的矛盾性就开始出现了。方腊本来和宋江他们是一路人，梁山好汉打方腊可以算是自己人打自己人，是兄弟打兄弟，差别只是在于山头不同。因为梁山的兄弟之义从属的是宋江对皇帝的忠，皇帝利用了兄弟之义来加强自己的统治，这是权谋。但是这一点之所以能实现，是因为宋江的思维和皇帝的思维是一致的。所以，《水浒传》的深层意味不是农民起义,不是鲁智深拳打镇关西,不是林冲大闹狮子林这些精彩的细节,因为当这些精彩的故事放在一个随时准备牺牲兄弟之义来从属于皇帝之义的结构中时,义气的"义"就要打上一个问号了。因为这个"义"是模糊的,是含混不清的,是自相残杀的。作家对梁山泊轰轰烈烈的农民起义、对他们的英雄行为实际上是持审视态度的。在某种意义上,施耐庵的眼光和燕青的眼光是一致的。燕青没有受宋江这种思维的束缚,一直跟他们若即若离。或者说在燕青身上,兄弟之义和对皇帝的忠义实际上都是不浓的,也因此他可以保持一种相对的独立性,而独立的品格是最重要的。如果《水浒传》的深层意味是一个问号,那么作品在根本上就是审视儒家伦理的,而不是歌颂儒家伦理的。古今中外的优秀作家对自己所认同的、老百姓所认同的、群体所认同的文化是持审视批判态度的。

其实巴尔扎克也是这样的。《欧也妮·葛朗台》最突出的是批判拜金主义,但是"拜金"在巴尔扎克时代是进步的文化。"金钱至上"是对"教会至上"的一次革命。文艺复兴反封建,反对中世纪的教会文化,承认人的欲望以及对金钱的追求,这是文艺复兴的一个进步表现。但一个作家对进步的文化同样应该是审视的,所以文化在作家眼里没有进步与落后之分,从个体立场出发都应该给予审视。这使得作家是最独立、最具有个体意识的存在。优秀作家是一个纯粹的个体存在,他的使命是发现存在的问题。我们今天用这样的意识去看四大名著,才能更深刻地理解四大名著为什么会是最优秀的作品,为什么会成为经典。因此,四大名著成为经典有两层含义:一是因为四大名著写了

第十讲 《水浒传》的表层内容和深层意味

老百姓喜闻乐见的故事,二是因为四大名著和西方的经典具有一致性,即对老百姓喜闻乐见的东西持有审视的态度。从施耐庵到莫言,他们之间是有一致性的。比如莫言,他对人性、人情、人伦都是审视的,然后得出的结论是:人是不可定义的,是一个复杂的存在,是一个难以定义的存在。这是莫言对世界的个体化的理解。在莫言的笔下,人和狗基本上很难区分,狗也是复杂的,这个世界就是一个复杂的存在。再比如卡夫卡,他把人写成是一只虫,是渺小的存在。卡夫卡发现人是像虫一样渺小的、猥琐的存在,这是卡夫卡自己的理解和发现。在现代主义时代,人被理性和技术所异化的状况,成为作家要能不断地发现独特问题的基础,文学批评就一定要对作品的独创性进行同样独特的发现和理解。

《水浒传》不是让我们看热闹的,它的深层意味给我们的是启示。看作品我们一定要看它的完整的情节结构。我们不能说打方腊之前的内容就是《水浒传》,那只是《水浒传》的一部分内容。从打方腊开始,一直到梁山泊树倒猢狲散,最后宋江被毒死,这些内容和打方腊之前的内容一起构成了完整的情节结构,我们一定要思考它们之间的关系。宋江如果做了大宋的皇帝,不一定会比宋徽宗好到哪里去,所以我们把梁山泊的"只反贪官而不反皇帝"放在对"义"的质疑中去看的话,实际上可以看出作家的批判态度。但是作家没有予以回答,因为这是文学的要求,文学是可以不做结论的。请注意,文学和哲学、政治的区别在于它可以不提供答案,它敞开思考、敞开问题。中国传统文化是一个结构性的存在,所以在受传统文化制约的中国,没有绝对的农民,也没有绝对的地主,没有绝对的奴才,也没有绝对的主子,他们是互为统一的。每个人既是主子又是奴才,这就是农民起义的根本局限。施耐庵通过对"义"的拷问,通过《水浒传》这样一个悲剧把这个问题揭示了出来。这样,我们对于《水浒传》提出的一切看似"对"的观念,实际上都可以打上问号。

第十一讲

《金瓶梅》：中国人健康的
欲望应该是怎样的？

《金瓶梅》不是色情和训诫小说

在讲《金瓶梅》之前,我想问三个问题。一是怎么理解西门庆?西门庆这样的人物形象和传统的中国男性之间是一种什么样的关系?二是怎么理解潘金莲、李瓶儿、庞春梅这三个女主人公?这三个女性与传统中国女性的人生追求有什么样的关系?(在西门庆的众多女人中,她们三个是核心人物。吴月娘虽然是正太太,但她不是核心人物,她坐在正太太的位置上就心满意足了,不会挣扎,不会奋斗。)三是《金瓶梅》是一部怎样的小说?如何评价它在中国文学史上的地位?

我第一次看《金瓶梅》是20世纪80年代在华东师范大学读研究生的时候,那时候因为学习的需要,可以向图书馆申请借用这书,而读研之前是看不到这书的。作家格非说过一件发生在华师大的趣事,很能反映那个时代对于《金瓶梅》的态度。格非

第十一讲 《金瓶梅》:中国人健康的欲望应该是怎样的?

听朋友说《金瓶梅》是中国最伟大的小说,价值胜于《红楼梦》,他听到这个评价后就非常好奇,因为他一直认为《红楼梦》是最好的。于是格非就打了个报告给图书馆,申请借用《金瓶梅》,用于教学需要,没想到图书馆真的批准了。他拿到这本书后欣喜若狂,但他不是坐下来看的,而是到处炫耀自己终于有《金瓶梅》了。两个月后,这本书不翼而飞,让人偷走了。所以,那个时代看《金瓶梅》是一件很不容易的事。改革开放的程度已经让我们可以正视一切,这也说明了社会的发展和开明程度。如果中国的读者和大学生们不能很好地理解《金瓶梅》,问题就很大了。

有人说《金瓶梅》是悲悯女性的小说。比如说潘金莲就是失掉人格的一件货品。作品通过人物塑造,更多地表现出一种悲悯。有人觉得《金瓶梅》是反映明代中后期风貌的小说,那个时候朝廷比较腐败,国家也在逐步走向衰亡,所以作品的目的是揭露社会的丑恶,描写了很多追求金钱与欲望的男女。也有人说《金瓶梅》是一部警示小说,虽然书中有很多关于情欲的描写,但是这种情欲描写不是叫人去产生邪念,而是起警示作用。

首先,我们应该从中国长篇小说的发展历程来考察这部作品处于一个怎样的地位上。《水浒传》里的梁山好汉弃恶扬善,但是这种人物形象在明代实际上已经出现问题。为了皇权,他们可以牺牲兄弟情义,所以他们所扬的"善"是有缺陷的,也就是说这样的英雄缺少尊重人性和人欲的内容。从《水浒传》发展到《金瓶梅》,就是从英雄强盗走向日常凡人,走向日常化的、食色人性的人。《金瓶梅》描写市井生活、家庭生活,这是一个重要的创新。在《水浒传》里被压抑的是日常的欲望,尤其是"性"。像李逵、宋江等人都是不需要女人的,是没有性的。即使是"矮脚虎"王英,他虽然娶了扈三娘,但也只是娶了老婆,并没有将性的欲望凸显出来。市井生活一旦成为文学写作的主要对象,性和欲望就开始出场。从《水浒传》到《红楼梦》,《金瓶梅》是一个从形而上、宏大叙事走向日常生活、走向人们的基本欲望的重要转折点。作品解放了人的日常生活,解放了人的欲望,直面"人欲"的生活,这种直面在今天来说更加重要,因为市场经济就是直面人的日常生活、人的欲望生活。《红楼梦》显然多多少少受到《金瓶梅》和《水浒传》的影响,那就是既尊重欲望,但又穿越了欲望。然而真正直面中国人本真的欲望生活,并做出批判性思考的作品,《金瓶梅》应该是第一部。在此意义上,《金瓶梅》应该算是中国第一部"性写实"长篇小说。

我们可以说,没有《金瓶梅》就没有《红楼梦》。没有《金瓶梅》,《红楼梦》就不可能有超越对象,它不可能从英雄里面直接塑造出一个贾宝玉。《水浒传》里的英雄连皇帝都可以推翻,到了《金瓶梅》,西门庆的能力就是权、钱、色至上。但是到了《红楼梦》,这些东西贾宝玉都没有,他基本上是一个"无能者"。然而贾宝玉的能力是西门庆和梁山好汉不具备的,他的能力是在用心去呵护清纯的女孩子。《红楼梦》之前的小说里没有任何一个主人公能像贾宝玉这样用心去呵护、尊重、怜爱清纯的生命。但是没有西门庆的物质呵护和肉欲沉湎,贾宝玉就很难超越欲望,成为一个不在意欲望满足的"新人"。要理解《金瓶梅》,首先要把它放在和《水浒传》《红楼梦》的关系中去把握。

第十一讲 《金瓶梅》：中国人健康的欲望应该是怎样的？

《水浒传》基本上是传统小说，是写英雄和英雄传奇的，但是作家的视角已经隐含了人性的视角。《金瓶梅》是中国第一部直面现实的权、钱、色的小说。在《金瓶梅》之前，没有小说可以直面官本位、金钱至上、情色追求的生活结构。"现实"二字是指被压抑的欲望以及欲望如何异化而实现的现实，作家无疑对这样的异化现实是持批判态度的，时代和社会生活内容只不过是这种批判的背景与材料。放在今天，《金瓶梅》同样是有重要的启示意义的。在此意义上，《金瓶梅》还应该是欲望生活异化的小说，是一部真正的对中国欲望文化进行批判的小说。

虚伪文化和享乐文化的双重批判

　　20世纪80年代,大多数人是看不到《金瓶梅》的。因为那个时代把《金瓶梅》当淫秽小说。人们不会对人体审美,看人体不会看到生命的美丽,只能看到人体的隐秘,然后便想到性交,觉得那是见不得人的丑陋之事,最后还不明白自己为什么鬼鬼祟祟地喜欢这些丑陋之事。这也意味着在生命面前,我们就是猥琐一族。不会正视生命的美丽和身体的欲望,就只能在回避、轻视欲望与沉湎、追逐欲望之间东藏西躲,这就形成"表面仙风道骨"和"背后骄奢淫逸"的双重异化生活。如果我们看《金瓶梅》只盯着"金莲醉倒葡萄架"这样的描写,我们就永远也读不懂《金瓶梅》,永远不会去思考作品中的女性为什么最后会沉湎于性宠爱而争风吃醋、你死我活,我们就不会理解这部小说为什么要如此写性欲望。而一旦去思考作家为什么这样

第十一讲 《金瓶梅》：中国人健康的欲望应该是怎样的？

写，我们就穿越了色情性、窥视性的阅读，也突破了训诫性、警示性的阅读，就进入了如何理解《金瓶梅》的批判性与独创性的空间。

通过这样的理解，我们就会看出淫秽描写只是小说所借用的材料，我们不能把小说中的材料当作小说本身。这和《水浒传》借用梁山起义作为材料是一样的。或者说《金瓶梅》之所以有那么大的影响，却一直被列为禁书，都是因为我们只看重作品中使用的材料，而不去理解作品的立意。而作品的立意是要从作品的结构中去把握的，不忽略作品中任何材料构成的整体性，也是注重作家如何处理各种材料之间的关系。我们应该把作品中人物的淫欲描写与淫欲生活的后果结合起来，也要看到作品主人公在非淫欲场合做什么，只有看到这些不同关系建立起来的结构，才能把握住作家的真正立意。在《金瓶梅》中，西门庆的社会化形象与私人空间中的形象是几条相反相成的线索：一是体现在对儒道文化淡泊欲望的批判上，二是在情节发展上把男女主人公处理成"淫欲而死"，三是西门庆对权力和金钱的角逐。淡泊欲望是淫欲的成因，权钱交易是淫欲的方式，人物的死亡是淫欲的结果。仔细想想，淡泊欲望是梁山好汉的集体特征，在起义造反的时候可以遗忘欲望。如果造反成功了，如果宋江成了皇帝，众兄弟都封官了，他们会干什么？他们会不会某种程度上羡慕西门庆的生活？这就不敢保证了。《水浒传》是遮蔽欲望的，是把欲望暂且搁置起来的。《金瓶梅》的作家想批判的就是这种表里不一的生活方式。西门庆的书房里就有这样一副对联："瓶梅香笔砚，窗雪冷琴书。"此外，"两袖清风舞鹤，一轩明月谈经",这也是中国士大夫家中常见的书房对联。我们现在一谈文化的时候,也往往喜欢用这样闲情雅致的文化来装饰自己。西门庆书房里的对联只是一个摆设,西门庆做的事则是结交官员,结交商人,赚大钱,然后成为当地一霸。这时候的西门庆追求什么呢?很多文人重视功名利禄,最后也还是追求享受,只有无权无势无名的时候,才选择道家恬淡的生活。西门庆的产生就是因为功利主义使得我们说不出除了功名利禄和享乐外,还想着干什么。中国文化的现代化为什么要面对和反思这个问题,为什么要提"超越世俗"这个问题,简单地说就是使人们不再成为西门庆式的人。我认为节制欲望是解决不了欲望问题的,因为我们在思想上没有解决如何正常对待欲望的问题。

日常生活包含着两种欲望:第一种是生存欲望,也就是我们必须要有物质的东西才能生存下去,物质是不可缺少的。第二种是享乐的欲望,享乐的欲望主要是性,奢侈品消费也属于享乐。前者是生命的要求,后者是文化的引导。为什么《金瓶梅》大量写欲望享乐的生活,以至于写得很淫秽,这就牵涉到另一个批判性的问题了。传统伦理道德被捆绑之后一经解体,节制欲望就必然导致放纵。所以放纵的原因在于捆绑本身,这是《金瓶梅》对传统文化批判的一个关键点。除了欲望、物质、性,我们说不出来还有其他的追求,那么只能乐此不疲地追求物质,享受性欲望,不断重叠,这就构成了《金瓶梅》的淫秽、淫欲世界。作家对淫欲世界是持批判态度的,怎么理解这种批判呢?西门庆、潘金莲、庞春梅他们的死亡意味着什么?尤其是西门庆和庞春梅。在小说中西门庆最后是纵欲过度,死在潘金莲的床上;庞

第十一讲 《金瓶梅》：中国人健康的欲望应该是怎样的？

春梅最后死的时候是29岁，她和一个19岁的男人在一起，在性爱中死掉。离开西门庆家以后，潘金莲也同样如此，在小说中她最后被武松杀死，而武松杀死她的原因在于她和西门庆勾搭成奸，这还是属于欲望享乐层面的，因为武大郎成为他们享乐的障碍。但是，小说大量的淫秽描写是集中在潘金莲身上的，为什么会集中在潘金莲身上？如果我们说潘金莲是在纵欲世界里最突出的一个形象，那么在《金瓶梅》的世界中我们也可以理解为她的性欲其实也是被压抑得最厉害的。在真实的历史中，武大郎其实是一个高大的、英俊的帅哥，后来他得罪了一个亲戚，亲戚一怒之下就散布武大郎的谣言，到处张贴告示，把他描绘成我们今天所看到的奇丑无比、矮小的武大郎。但是后来那个亲戚突然发现，武大郎给他准备了一套房子，还准备了大量的钱财，只是没有来得及告诉他。亲戚追悔莫及，到处撕告示，可是再怎样撕也撕不了了，因为丑事传遍了。这件事情反而启发了施耐庵，把武大郎写成又矮又丑、其貌不扬的人。潘金莲嫁给武大郎实际上是不满意的，谈不上爱情，也谈不上欲望满足。所以，潘金莲见了武松这样的打虎英雄，她会动春心也是可以理解的。在中国戏剧史上有很多戏剧家为她翻过案，其中最有代表性的是魏明伦，他写过一个关于潘金莲的戏剧，完全是为潘金莲翻案的。因为潘金莲是一个可理解的被压抑、被剥削、被掠夺的可怜女子。但小说中为什么有大量关于潘金莲的纯粹的性欲描写？潘金莲在小说里经常充当媒人的角色，比如把庞春梅介绍给西门庆，后来她和陈经济勾搭成奸后，又把庞春梅介绍给陈经济。这说明潘金莲已经视性为淫恶世界中的一种享受，对她来说爱情已经早早被抛弃了。沉湎于这个淫恶的世界,她是在补偿原来压抑的、空缺的、贫苦的生活的缺陷。从这个层面上看,潘金莲这个角色就是一个可以理解的对象。可作家为什么依然持批判态度?因为纵欲的生活必然导致死亡,甚至加速死亡。在《金瓶梅》的世界中,西门庆、潘金莲、李瓶儿、庞春梅这些角色,到最后一个个全部都死了,西门庆的家也衰败了。

  如果这是对虚伪文化的批判,也是对淫欲世界的一个审视,那么这其中的独创性应该怎么理解?那就是中国人健康的欲望生活应该是怎么样的?我认为从古至今没有一部文学作品像《金瓶梅》这样提出过这个问题,中国现当代文学史上也没有一个作家提出过这个问题,因此《金瓶梅》在中国文学史上独一无二的地方就在于它提出这个问题。所以,它怎么不是一部严肃的小说呢?它是一部深刻的、非常严肃的小说,是一部问题小说,是一部让我们面对这个问题时一直感到很困扰的小说,因为这个问题我们回答不了。《金瓶梅》如果不大量地写淫欲,那么那些角色就不会死亡;不通过淫欲死亡就不能构成对这种淫欲的批判性,只有沉湎于性欲、淫欲,人才会死亡,因为会死亡,这个性欲、淫欲才会有问题,因为有问题,才能体现作家对它的批判性。作家要说的是:轻视和节制欲望的虚伪的、脆弱的文化,遮挡不了人的本真欲望生活,它只能构成压抑。压抑必然导致放纵,《金瓶梅》对这两者都构成了批判。

《金瓶梅》的独特问题我们应该怎样解答？

其实《金瓶梅》和《红楼梦》的差异在于：《金瓶梅》问健康的男人应该是什么样的，《红楼梦》说健康的男人应该是这样的。《金瓶梅》提出了一个问题，《红楼梦》对此做了正面的解答。贾宝玉就是这样的一个健康男人，他有情有欲，但是情和欲都说明不了他，最重要的是他呵护地位卑微的清纯女子，这完全是中国文学史上一个崭新的人物。贾宝玉呵护、尊重女子的方式绝不是像西门庆那样，给女性大量的金钱、物质，贾宝玉给不了任何东西，他只有心可以给，用心去疼。而一个女性如果把男性用心的呵护看作是比物质更重要的东西，那么这样的女性是健康的女性。纵心远大于纵物，但这样的女性在《金瓶梅》中一个也没有。心灵与物质二元并立应该是今天我们理想中的人物形象，不论男女，心灵要与物质并立。心灵只有具备超越功利、物质、欲望的一面,才能和真正的现代文化接上轨。如果把《金瓶梅》只看作是淫乱小说,那么它和《红楼梦》就没有任何关系。

西门庆、潘金莲、李瓶儿、庞春梅的共同点是什么?是中国文学史上第一次有了真实的、日常化的、异化的人物形象。这主要表现为:对权力的掠夺是为了大量地占有金钱和物质,而依附于拥有权力的男性是为了得到欲望和物质的满足,男性则通过女性的这种依附性来掠夺女性的身体。在某种程度上,今天大家都不会真的爱上贾宝玉,也不会和贾宝玉过日子,因为他只有心,其他方面却无能。但是贾宝玉的存在就能看出我们的问题,我们唯独缺乏"心"这个检验爱情是否纯粹的尺度。我认为《金瓶梅》的最伟大之处,不仅在于把迄今为止我们全部的真实面目给揭露了出来,而且用这种方式去讲男人和女人的故事,血淋淋的真实让人心惊。所有痛恨西门庆、潘金莲的读者都应该面对这个问题。如果我们用传统的伦理道德来说西门庆、潘金莲纵欲过度很丑恶,那么这个伦理实际上是导致这种丑恶的一个根本原因,至少作家是这样理解的。因为对于传统文化来说,"爱"某种程度上是用功利来衡量的,传统文化缺少超功利之外的一种张力。西门庆、潘金莲、李瓶儿、庞春梅的问题是同样的,那就是欲望化的、物质化的享乐这样一种幸福观在制约着他们,才会构成彼此冲突又紧密的关系。实际上《金瓶梅》的批判张力就是欲望化的、物质化的享乐最后加剧自身的死亡。在这一点上,西门庆和潘金莲不存在什么区别。有潘金莲、李瓶儿、庞春梅这样的女性,必然会有西门庆。但是作家没有给出解决这

第十一讲　《金瓶梅》：中国人健康的欲望应该是怎样的？

个问题的方案,这在《红楼梦》中做了一种回答,而今天的作家又该如何给出自己的回答？不能回答这样一个问题,中国文学便不可能再产生《金瓶梅》《红楼梦》这样伟大的作品。

第十二讲
唐诗宋词：
如何辨析好作品的价值差异？

《泊秦淮》的单一与《枫桥夜泊》的丰富

　　唐宋文化是中国文化在现代化之前一去不复返的一个阶段。唐诗宋词在中国文学史上也是一个很难超越的阶段。在浩如烟海的优秀诗词作品中,我们如何去领略最优秀的诗词作品?这是一个非常重要的文学鉴赏方法问题。整体上说,唐诗宋词有很多好作品,但是好作品之间依然有文学价值上的差异,我们应如何鉴别它们的价值差异?

　　我有一个基本的文学观念,叫"文以穿道"。这个"道"主要体现为既定的、群体性认同的文化观念。"穿道"首先可以理解为尊重道、面对道、表现道,然后把观念化的"道"化为材料进入一个弱观念化和非观念化的世界,使得任何观念都难以把握这个世界的意蕴,这才是文学性的应然世界。"穿道"其次可以理解为"穿着文化观念的外衣",但文学的内核或躯体实际上是一

第十二讲　唐诗宋词：如何辨析好作品的价值差异？

个弱观念化、非观念化的内容丰富的体验世界,这个世界用任何文化观念对其进行把握只能是隔靴搔痒。这样一个世界通过情节、意境、人物关系等表达出独特的意味,不是我们生活中的一种情感、一种看法的表达,而是对整个世界的表达,正是在这个意义上我们说文学意味的最高境界是具有哲学意味。最优秀的作家、诗人和词人,某种程度上也可以称为文学性的哲学家,即不是直接用观念表达的哲学家,是用故事言说的哲学家。这也使得文学的独特意味是给人启示的,而不是给人观念教化的,它不是告诉人们正确的观念,而是打开一个新的视角,让人进入一个新的体验空间。

米兰·昆德拉说小说是"发现的艺术",是"存在的勘探"。"存在"在存在主义哲学那里也是一个非观念化的体验世界。最好不要认为文学是审美认识和情感认识,认识总有观念的倾向,文学是作家对世界的弱观念化、非观念化、体验化的理解和表达。好的文学艺术是被发现了的一座新的体验性的矿藏,好的小说是用一个独特的视角来看待我们的世界,看待我们的文化,看待我们的生活,并建构了一个从里到外均具有独特性的形象化世界。这个新发现的视角在哲学上也可以理解为：文学是弱观念化、非观念化的哲学性的创造。哲学性是指哲学意味而非哲学观念。

我从两首著名的唐诗分析开始。一首是杜牧的《泊秦淮》："烟笼寒水月笼沙,夜泊秦淮近酒家。商女不知亡国恨,隔江犹唱《后庭花》。"另一首是张继的《枫桥夜泊》："月落乌啼霜满天,江枫渔火对愁眠。姑苏城外寒山寺,夜半钟声到客船。"这两首诗都是写愁绪的,在一般意义上,这两首诗应该说写得都不错,都是好诗。杜牧甚至比张继更有名,影响更大,张继留下来的作品不多,所以也没有杜牧的影响力大。但是我们要从文学性的角度看待一个作家和他的作品,绝对不能仅仅从影响力的大小去看,影响力大的作家可能会有文学价值一般的作品,甚至可能也有教化性、载道性的作品;而默默无闻的,或者不太知名的作家,很可能会留下一两首非常好的作品。这两首诗的文学价值差异便是如此。

如果是在抗战时期,《泊秦淮》的影响力会非常大,它是属于特定时代的,在于抒写亡国之恨、之愁。处于被侵略时,读这首诗就能感同身受,也非常容易引起共鸣,就像郭沫若的《女神》,属于五四全盘反传统那个特定时期,所以在那个时代就会发挥很大的影响力。但是我想说的是,在一个时代发挥巨大影响力的作品,在文学上不一定是经典作品,因为这不一定是文学性影响。《红楼梦》就是这样,谁都不会说《红楼梦》在哪个时代的影响力特别大,而在任何时代读起来都饶有趣味和意味,任何时期人们都愿意反复再看一遍,从中产生不同的感悟与启示。文学的经典与各学科的思想理论经典一样,应该是任何时期去读都能受到启示的,它不需要加进时代的成分和内容,再让人产生共鸣。文学在这一点上尤其突出。所以,"商女不知亡国恨,隔江犹唱《后庭花》"把《泊秦淮》写实了,这个"愁"是国家的亡国之愁。在特定的时期读这首诗特别能引起共鸣,影响力就会很大。

也就是说,如果今天写改革开放的作品,写反腐败的作品,可能就会因为与时代紧密结合而容易产生比较大的影响力,电

第十二讲　唐诗宋词：如何辨析好作品的价值差异？

视剧《人民的名义》就是如此。二十几年前有部电影叫《生死抉择》，很多单位都组织去看，但是今天我们去看这个作品，特别是从艺术性的角度去看，这部作品就很一般了。《人民的名义》将来会不会是同样的命运？我认为作品中人欲的普遍性和人性的复杂性没有写出来。比如正面人物侯亮平基本上是没有私欲的，也没有多少爱欲，与妻子的关系更像革命同志，而反面人物祁同伟似乎也没有做过什么好事，成天就和美女在一起，那就很可能因为人物处理简单化而逃不脱脸谱化的命运。文学需要将人物模糊以传达更丰富的意蕴，如此才可以消解观念化的把握人物特性的倾向，文学的独立品格才能出场。我们今天去看中国当代文学史上很多获奖作品，都会有一种过时的感觉，因为它们太依附于时代观念了。在新时期文学中，卢新华写的《伤痕》，揭露了"四人帮"极"左"路线给中国人精神和肉体上带来的双重残害，在当时的社会影响力和今天的《人民的名义》差不多，但是今天回过头去看这样的作品就觉得一般了。这也是作品的意味过于依附时代要求所致，也是作家理解世界简单化所致。"商女不知亡国恨"基本上就是点题性的议论语言，而议论会使得诗歌意蕴走向单一明晰，从而疏离了文学性。当然这不是说文学作品中不能有议论性的语言，如果议论性的语言不是用来点题的，而是像昆德拉的小说中那样作为材料来使用，并不用来说明小说的深层意味，那当然也是可以的。

　　张继的《枫桥夜泊》在诗歌语言上是用细节勾勒世界，构筑的是用愁绪贯穿的幽冥深邃的灵性意境，没有任何点题性的议论和概念。"月落乌啼霜满天,江枫渔火对愁眠"是用"江枫、渔火、月落、乌啼"构成一个由无名之愁笼罩下的霜打夜空的空间,似泣非泣、似禅非禅、似悲非悲的意绪仿佛凝固而永恒,辅之"夜半钟声到客船",打破了这由愁绪笼罩下的寒山寺之寂清,所以整体上是拼图的、写意的,无名之愁是弥漫在意境中的。在诗歌和散文中,组合性的、描绘性的写意作品,整体上可能要比纯粹抒情的叙事性的作品蕴含更丰富的意味,是用画面本身来说话。关键是《枫桥夜泊》里的"愁"没有告诉我们是什么愁,如果在抗日战争时我们读这首诗,这个愁能唤起我们的国愁;如果恋爱不顺时读这首诗,这个愁也可以是情愁;如果是游子,想家乡时,这个愁也可以是乡愁;或者它可能是一种个人纯粹的莫名之愁,突然就很不开心,很惆怅,并不一定是因为具体的事情。这首诗因此也更具有形而上的丰富意味,通过一种独特的意境,构筑了一个比较丰富的、可以进行多种阐释的世界。杜牧虽然比张继出名,影响力大,但是就写愁绪而言,我认为张继的《枫桥夜泊》的文学价值要高于《泊秦淮》,也就是说,它更别致、更丰富、更形而上。作品穿越很具体的细节和情境。让我们体验出这些丰富的、形而上的意蕴,没有一句是直接抒情的,但是这种感情更蕴藉、更含蓄,也更丰富。

为什么诗歌作品、散文作品直接抒情的往往都不是最佳的作品?这是因为直接抒情的作品难以展开情感的复杂性和丰富性,所以很难超越现实的政治、文化、社会的框架。即便批判社会的政治性抒情、文化性抒情,也很难突破政治设定的框架。直接抒情往往是因为现实化的对抗需要,这种对抗和抗争正是政治设定的组成部分。从《孔雀东南飞》开始,中国妇女的哀怨之

第十二讲　唐诗宋词：如何辨析好作品的价值差异？

声就一直在产生"控诉"的效果，但一直解答不了如何不再哀怨。因为哀怨与妇女对男权的依附息息相关，所以哀怨本身就包含着值得辨析的问题。郭沫若的《女神》在文学性上的价值之所以不高，是因为他的"我把月来吞了，我把日来吞了，我把一切的星球来吞了，我把全宇宙来吞了"以及向着太阳奔去的狂热的呐喊，最后建立的是一种新的威权主义，这就与农民起义在性质上很难区别开来。这种呐喊可以唤醒五四时期反封建的一代人的热情和激情，但是论证不了新的威权如何可以建立一个比旧的秩序更现代的社会的问题，也解决不了新的中国如何尊重个体和生命的问题，更解决不了新的个体不仅仅靠激情、热情而且要靠信仰和理性来安身立命的问题，所以狂热的激情、热情是不能持久的，且破坏性也会大于建设性。这使得在诗歌中无论是写什么样的情感，写得越具体才可能越丰富，越丰富才越会产生思考的力量，而不仅仅是煽情的冲动。这就是文学性与丰富性统一的含义。

　　杜牧的另外一首诗《江南春》："千里莺啼绿映红，水村山郭酒旗风。南朝四百八十寺，多少楼台烟雨中。"白居易的《忆江南》："江南好，风景旧曾谙。日出江花红胜火，春来江水绿如蓝。能不忆江南？"简单地说两首都是好作品，我们以往的文学评论用"各有特色"去把握，就到此为止了。但是按照我刚才的分析方法，读者能不能找出两者的价值差异？《忆江南》和《江南春》哪一首更具意境？哪一首更能激发人们丰富的想象力？白居易的"日出江花红胜火，春来江水绿如蓝"，总体而言是在时间、地点前加了形容词，红胜火，绿如蓝，都是形容和比喻，这是一种什么样的红？一种什么样的绿？前者很难有直观的色彩可以描述，后者则很难被视觉化，怎么形容都可以。虽然这是一句名句，但是很难构成比较丰富的意境，总体上是类比法，可供阐发的空间有限。而杜牧的"南朝四百八十寺，多少楼台烟雨中"没有类比和形容，却更具体，更有意境和画面感，可以使读者发挥想象力，进行延伸阅读。这样一种画面关系构筑的意境在写江南的时候非常重要，"多少楼台烟雨中"，可以发生多少令人神往的故事呀。这不是议论性语言，是激发想象力的情景交融的白描。无论是写景还是写情，一个好的作品其实都不应该是缩写性的、议论性的、类比性的。所以，《江南春》像一幅山水画，可以激发想象力，而《忆江南》的"日出江花红胜火，春来江水绿如蓝"，在语言上类比比较精彩，但是整体上还不能构造出一个很具体的画面和意境来供读者想象，"火"和"蓝"已经限定了读者的想象空间，其丰富的意味空间就比较小了。我个人认为杜牧的《江南春》比白居易的《忆江南》更有文学性。这也说明我们分析经典作品时要以作品为考量。杜牧有好的作品，也有一般的作品。任何作家其实都是这样的。我们只能说哪部作品是更好的，一般不要去说哪个诗人词人是更好的。

李清照的寂寞与陈子昂的孤独

"寻寻觅觅,冷冷清清,凄凄惨惨戚戚。乍暖还寒时候,最难将息。三杯两盏淡酒,怎敌他、晚来风急!雁过也,正伤心,却是旧时相识。满地黄花堆积,憔悴损,如今有谁堪摘?守着窗儿,独自怎生得黑!梧桐更兼细雨,到黄昏、点点滴滴。这次第,怎一个愁字了得!"李清照的这首《声声慢》属于抒情性的作品,抒发的是一种顾影自怜的寂寞情感,无论这寂寞感情的具体指向是什么。我想说的是,李清照和李煜总体上写个人在世界上寂寞、孱弱、无助引起的感情,写得楚楚动人。其实这样的诗词在中国文学史上是一种类型,一直到清代的纳兰性德,都是把个人爱情上的寂寞和凄苦放在与时代的关系之下,感伤其"自是人生长恨水长东"。失恋的个人感受,最能唤起人们在爱情和生活方面无助失意的感受,引起共鸣,就像顾城的《一代人》一样。但是如果一首作品仅仅如此,它就不能算是优秀的作品。因为好的作品写人与世界的关系,常常需要从第三者的立场来看待个人与世界的关系。这样一来,个体写作就不仅仅是个人化的,而是必须拥有能够穿越纯粹的个人感情的特征,去关心和思考这个世界,尤其是思考个体能为世界做什么,个体与世界应该是怎样的关系,在立意上要突破"个体化抒情",从而有所升华和拓展。哪怕个人的感情再真挚,也需要个体化的理解去穿越。但这不是用时代意识来升华和拓展的,也不是用群体文化来升华和拓展的,而是用个体的哲学性理解来升华与开拓的。因为哲学性理解思考的是个体与整体世界的关系,而不仅仅思考个体与家庭的关系、个体与政治的关系。即便诗歌写个体与家庭的关系,也应该把家庭当作整个世界去写。所以陈子昂的"古人"就是一切前人的象征,而"来者"之"来"也具有比较丰富的意味,而不专指触发陈子昂写《登幽州台歌》的具体情境及其所指。用哲学的视角来看个人和时代的关系,就是让个人和时代承载更丰富的隐喻。这样一来,纯粹的个人感受和情感就成为审视和改造的对象,具体的时代内容也成为升华和拓展的对象,然后呈现出个体与世界的哲学性思考。

也就是说,陈子昂的《登幽州台歌》正是在这一点上突破了寂寞的类型化的感情抒发,而以一种个体与世界的关系性思考在中国文学史上显得独一无二。"前不见古人,后不见来者。念天地之悠悠,独怆然而涕下。"这与李煜的"自是人生长恨水长东"这种纯粹个人感伤的作品相比,塑造的是孤独但非自怜的形象。"怆然而涕下"之"涕下"不是渴盼"来者"摆脱自己的

第十二讲　唐诗宋词：如何辨析好作品的价值差异？

寂寞的状态，而是为自己的孤独流下眼泪，"怆然"无疑是个体坚持孤独过久所致，具有悲壮的意味。这首诗与顾影自怜的寂寞的区别就在于：孤独是自己一个人而感觉很好，这种好是独立的充实体验；寂寞是两个人才感觉很好，这种好是温暖和舒服。寂寞是需要人爱，需要人安慰的，而孤独则不需要。有句话叫"理解万岁"，就是属于寂寞者在寻找他者的认同，如果没有人理解会怎么样呢？悲伤吗？由于我们的文化不崇尚个体，对于纯粹的个体，一般是用贬义词形容的，比如贾政说贾宝玉是一个"另类"。一个人一旦处于另类状态，大家就会排斥他，不会给予一种肯定的评价，也放弃了理解另类的努力，甚至可以说没有理解另类的能力。更多的人是希望融入群体来获得一种温暖的感觉。李煜、李清照的词，整体上抒发的是一种个人的感情，是每个人都可能有的情感，所以哀怨和凄凉往往是共同的特征，也因此容易引起共鸣。如果这种哀怨抒发得非常优美，非常隽永，效果就会更好。这是一种想依附于群体又依附不着的个人哀伤。这种个人是实体性的个人，而不是依托思想能独立的个体，其哲学性的启示意味当然就非常弱。

比较起来，陈子昂的《登幽州台歌》反而在情感体验上不一定像李煜、李清照那么容易引起读者共鸣，因为这首作品传达的是一个中国人少有的孤独感。什么叫孤独感？这是一个人终于可以不依靠别人，从而还有一些伤感的体验。这种伤感是坚持孤独的沧桑感。这不是传统文化所倡导的审美，但在历史的长河中，司马迁其实是这样的"一家之言"的孤独者，苏轼是"随物赋形"的不被众人深刻理解的孤独者，当然也可以包括"天问"

的屈原。他们都是独立而不顾影自怜的,也不期盼别人来安慰。但这样的独立者、孤独者是从中国的群体文化中产生出来的,所以这个独立者还有一些怆然的感伤,可能也有痛苦的感受,但是这些都是孤独者所应该承受的。"涕下"便是此种承受的体现。相对来说,《登幽州台歌》的境界、气魄、立意,要比李煜、李清照的个人感情抒发更独特,文学价值也更高。与这种孤独相似的,也可以包括鲁迅和张爱玲的不依傍他人的创作坚持。这种坚持实际上意味着内心的强大。这种强大,是一部经典作品何以成为可能的重要源泉。

为什么苏轼作品的文学价值最高？

比较过以上几位作家的作品之后，我们再去看看苏轼的作品。我认为苏轼的作品在唐诗宋词中的文学地位应该是最高的。因为苏轼有自己的哲学。这种哲学在《东坡易传》等文章中有所体现，在诗词作品中也有所体现。苏轼作品的文学意味往往是别具一格的。宋人不满意苏轼作品中的哲理，陈师道认为苏轼模仿刘禹锡和李白，他基本上是没有看懂苏轼作品独特的文学意味。

首先我们来看看苏轼写爱情的作品。元稹有一首悼念亡妻的作品："曾经沧海难为水，除却巫山不是云。取次花丛懒回顾，半缘修道半缘君。"（《离思五首》其四）这首诗的影响力很大。"曾经沧海难为水，除却巫山不是云"，世世代代被人们传诵。这首诗基本上表达的是对亡妻"你是我的唯一"的这样一种意念。"水"与"云"指代世间其他的女子,"取次花丛"是指经过和接触其他女子,可以无视她们的存在,实际上是因为"半缘修道半缘君"。一方面在于自己的修行,另一方面是因为经历了这么多女人,但是却"懒回顾"了,就因为"你是我的唯一",你是我的巫山之云、沧海之水。这样一首抒发忠贞爱情和专一信念的作品,在老百姓中间是很受欢迎的,总体上属于"我只爱你"的宣言。当人们需要向爱人表达这样的宣言时,很容易想起这首诗。但是这样的诗无法告诉我们为什么"你是我的唯一"?为什么"取次花丛"可以不被其他女性的美所打动?爱一个人就不会欣赏和喜欢其他女子吗?这样一些问题缺乏被追问,使得类似的作品均不能被深层地理解。但这种内容上有些空泛的作品却容易被老百姓喜欢,这是否也与传统伦理文化将性和爱情捆绑在一起,从而遏制生命力和人性欲求有关?

比较起来,苏轼的"十年生死两茫茫,不思量,自难忘。千里孤坟,无处话凄凉。纵使相逢应不识,尘满面,鬓如霜。夜来幽梦忽还乡。小轩窗,正梳妆。相顾无言,唯有泪千行。料得年年肠断处,明月夜,短松冈。"(《江城子·乙卯正月二十日夜记梦》)这首词几乎没有什么抒情性的语言,只是把对亡妻的思念通过托物言志的方式体现出来。就爱而言,如果离开一些具体的生动的细节描写的话,语言再有感染力其实也有些苍白。我们今天判断一个人是不是爱自己,或是对自己好不好,往往是看一个人的行动,看一个人的细节,还是看一个人的煽情能力?我认为只有不太自信的女性可能才会更喜欢后者。我想行动和细节应该比任何抒情语言更能说明爱的问题。在情感方面应该是

第十二讲　唐诗宋词：如何辨析好作品的价值差异？

行动和细节的力量胜过语言的力量,爱的能力是行动的能力。成熟的女生往往也是用生日这一类的东西来考验男生。曾经获得香港微情书大奖的《你还在我身旁》,写自己对去世母亲的怀念,也是抓住"帮我把书包背上""把我的卷子签好名字""厨房里飘来饭菜的香"等细节才具有了打动人的力量。这往往比情感抒发更具有震撼力。

苏轼抓住家庭生活的细节来表现对亡妻的思念,建立起怀念妻子与家庭起居紧密相连的抒情理解,这与苏轼的世界观有关。从政,苏轼关心的是百姓疾苦;为家,苏轼关心的是日常生活;为人,生命中最重要的是人的性情、感受,这些其实就是生活之道,不受伦理法则约束。也就是说孟子的"民贵君轻"是统治策略,关心民生疾苦是为了政权的稳定,而苏轼的"万物各有其志"(《前赤壁赋》)是指日常生活和百姓生活也有自己的道,不可作为工具来做"轻、重"把握。为政,需要尊重百姓日常喜怒哀乐之道;为夫,当然要关心妻子日常起居梳妆之道,这才是爱民和爱妻的具体体现,否则,爱就只是语言表达的空泛之情。

不仅如此,如果世界观是对全部世界的理解,就不能仅仅关心世界的一隅。所谓"世界的一隅",就是景与人割裂,历史与今天无关,感受与对感受的思考无关,等等,这必然使作品意蕴浅显。苏轼善于在时空交错、历史交错、人物交错、男女交错中来表现经过他哲学性理解的情感,写出来的就是各种人物和事物交错的整体性世界。在历史时空中来表现个人与自然、英雄与凡人、男性与女性的关系性思考,使得苏轼的"物各有志"不会将个体写成大自然面前的沧海一粟,而因为自身就是一个独特的世界,从而可以从容面对自然。"志"与"志"之间并没有高、低、大、小之分,所以英雄与婢女,也各有千秋,王者和歌女,也各有快乐,何来悲叹?他把所有的个人感情和哀怨都放在历史的时空中来表现其"万物对等之志",个体就既不会自大也不会自卑,既不会狂热也不会消沉,而是坦然从容地面对生老病死和喜怒哀乐。他的《念奴娇·赤壁怀古》也是这样的作品。"大江东去,浪淘尽,千古风流人物。故垒西边,人道是,三国周郎赤壁。乱石穿空,惊涛拍岸,卷起千堆雪。江山如画,一时多少豪杰。遥想公瑾当年,小乔初嫁了,雄姿英发。羽扇纶巾,谈笑间,樯橹灰飞烟灭。故国神游,多情应笑我,早生华发。人生如梦,一尊还酹江月。"如何深入理解这样的作品?三国中的英雄,并不比小乔更加英姿焕发。火烧赤壁,未必比小乔的谈笑更为壮阔;人生如梦,只是催生了主人公的白发而已;多少英雄豪杰,在大江东去面前,只能化作"人道是……"的传说。英雄的叱咤风云,与大江淘尽千古风流人物,只不过是各自的律令使然。作为农民的苏轼,如果他终日在怀念作为翰林的苏轼,摆脱不了落难的寂寞,如何能写出这样的人间最从容大气的篇章呢?这首词曾经被学界评价为豪放词的代表。但"豪放"不仅遮蔽了苏轼"多元对等"的哲学观,而且也没有把作品的从容感怀的意味揭示出来。因为英雄的"豪气"只是英雄之"志"的外化,苏轼同样可以欣赏小乔的美丽之姿,这同样也是一种女性之"志"的外化。人类和自然各有千秋,总体上是平和互动的关系,何来因为主体性情感的激越抒发和人对世界的征服而显示出来的"豪放"?"豪放"又该落实在哪里呢?英雄故事只是美丽传说,大

第十二讲 唐诗宋词：如何辨析好作品的价值差异？

江东去却是周而复始，并不能安放"豪放"二字。所以，苏轼的平和从容大于豪放旷达。这种"平和从容"之所以不仅仅是心胸开阔的意思，是因为这不是一个心胸的问题，而是一种用观念看待世界的问题。观念的根底是哲学，而心胸并不触及观念，用类型化、风格化的"豪放"来概括，不可能准确把握作家创作的创造性特质。同样，"婉约"也不可能概括苏轼的哲学性理解和体验。"明月几时有，把酒问青天"同样也不是"婉约"。

苏轼的《琴诗》"若言琴上有琴声，放在匣中何不鸣？若言声在指头上，何不于君指上听？"也是如此。这首诗在解释上之所以比较困难，是因为其意味既不是"天人合一"，也不是"天人对立"。苏轼的哲学是什么呢？是人与世界、人与物的共同合作。琴不仅仅是用指头去拨的，美妙的琴声是指头和琴共同合作产生的，所以苏轼绝对不会简单地肯定主体的力量，也不会把琴的好坏看得更重要。不如说琴和指头的合作默契更重要。苏轼不会把个体和主体放在世界中，从而产生自己很渺小的感觉，也不会让自己依附于客观世界，一旦失望，便产生李煜和李清照那种凄凄惨惨戚戚的抒情。人和世界是一种对等合作的关系，一切历史上发生的事都是这个合作关系中的沧海波涛，任何状况下苏轼都可以波澜不惊，这就是我们在苏轼的作品中很难看出个人哀怨感情的原因。"穷则独善其身，达则兼济天下"，这是儒家的忧患意识和道家的淡泊的组合。隐退和忧患，使得中国文人就是在这样两种生存格局中选择和挣扎，但是苏轼突破了这种格局。

苏轼对"穷"和"达"皆不在意，因为"穷"和"达"只与生存方式有关,却与文学创作没有多少关系。为什么可以做到不在意生存方式,是因为人可以"随物赋形"。这就是说宫廷有宫廷的形,黄州有黄州的形,为什么要用宫廷的形去比照黄州的形?所以生存在哪里、怎么生存都不应该影响平和自由的心境。只有心境平和自由了,人生才能追求把"作品"写好。这个作品一方面指诗、词、文,另一方面指事情。事情其实也是人生的作品。作为诗人、词人的时候,就把诗词作品写好;作为官员的时候,就把能做的事情做好;作为农民的时候,也可以做上书政府改变黄州溺死婴儿风俗的事情。一个把"作品"写好的人是不在意人生得意还是失意的。这就是苏轼在人生最穷困潦倒的时候能写出《赤壁赋》《念奴娇·赤壁怀古》的原因。而苏轼上书当地政府要改变溺死婴儿风俗这一点,与他在宫廷里上书神宗皇帝赵顼对王安石的变法提出异议,是完全一样的"事情"。他落难黄州的时候照样做这种"事情",这是对政治、文化、时代、环境的突破。既然如此,谈"超越现实",我们为什么总是要把眼光投向西方文化呢?为什么不能认为苏轼的伟大在于他做到了在中国文化语境中的"超越现实"?由于这种"超越现实"带有中国文化的整体性特征,而不是西方文化二元对立的特征,被贬的不愉快、生存困境的不愉快,在苏轼内心深处都是有的,但苏轼又能将这种不愉快"材料化",从而在整体上不影响自己平和的心境,不受"不愉快"的左右,这就是我所说的"穿越现实"。"穿越现实"就是既亲和现实又不受现实的制约。

这种"穿越现实"的品格和能力也使得苏轼在唐宋诗人词人中是最具现代性的。如果现代性以尊重生命感受、个体权利

第十二讲　唐诗宋词：如何辨析好作品的价值差异？

和创造性为基本内容的话，那么苏轼基本上是具备的。在《东坡易传》中苏轼将人的性情理解为"道"，而性情包括人的感受、欲望和情感这些最基本的内容。于是，歌女的美就可以直接被苏轼肯定，并不从属于等级伦理。苏轼就可以和歌女、和尚、渔民、儿童做朋友，这跟和王安石、欧阳修、司马光成为朋友并无二致。同样，女性之艳丽与西湖之艳丽也并无二致，相映成趣，歌女的艳丽是否就低于西湖的艳丽呢？这种认知，不仅使得在所有写西湖的作品中，只有苏轼是将人与自然一体化的，突破了杨万里静态地写西湖（"映日荷花别样红"）和林升伦理化地写西湖（"西湖歌舞几时休"）的模式，不仅将美突破了政治伦理的含义，而且将自然美和人性美有机地结合在一起。苏轼写西湖已经不是"别样红"的别致，而是独一无二的了。

苏轼的现代性也表现在他的观念里没有"敌人"而只有"人"。即便是陷害苏轼的小人，苏轼也不会用对"敌人"的态度对待之。这是从人性的视角看待世界、对待世界才会产生的结果。苏轼的观念里从来没有卑恭屈尊这些意念。苏轼在政界的宿敌是王安石，但是王安石退下政坛后，苏轼还去看望他，从中可以推导出"人先于敌人"的现代观念。也就是说，中国文化现代化能建立起"人先于仁"的观念，那么中国文化就和世界接轨了。"仁"是讲等级的、讲血缘的、讲功利的，而"人"是突破等级、血缘和功利的。人是由思想、魅力、性格、欲望、人格组成的。看一个人首先看他的思想、看他的魅力、看他的性格、看他的欲望、看他的人格，就是把他当"人"去看。如果先看他做什么工作，他是什么职位，他和我的关系怎么样，那就是从传统伦理文化去看人，人就被区分为"君子"和"小人"。苏轼在船上为歌女写过赞美诗，有"轻盈红脸小腰身"（《南歌子》）这样的诗句出场，就是以"美"的眼光去过滤歌女的身份，这不是苏轼的艳情诗"雅"，而柳永的艳情诗"俗"的问题。如果苏轼比柳永"雅"，那不是苏轼的温柔敦厚所致，而是苏轼用平常心看待"性欲之美"所致。苏轼在"性欲"问题上就没有儒道的"拒斥、回避"以及"沉湎、享受"的逆反心态。

苏轼这样的"另类"倒是和日本文化更为接近。我们在日本的文学艺术作品中经常会看到一个我们很难接受的现象，那就是母子或父女的"乱伦"。这个"乱伦"概念一下子使我们不会去思考日本为什么会有这样的文化。想理解这个问题应该追溯到《源氏物语》。《源氏物语》中的源氏公子爱上了他的非常漂亮的母亲更衣，母亲生下他以后不久就去世了。后来有个叫桐壶的是他父皇的妃子，长得非常像他母亲更衣，然后源氏公子又爱上了桐壶妃子。但是这也是违背伦理的，所以源氏爱得非常累。随着故事的展开，又有一个叫紫妃的女孩，也非常像桐壶妃子，源氏公子又爱上了她。他爱了三个人实际上是爱同一个人，都是爱他的母亲，因为她们太像了。问题首先在一个孩子怎么能爱他的母亲呢？怎么能对母亲有男女之爱呢？由于人的魅力是首要的，所以孩子首先可以把母亲看作一个美丽的女人。虽然在现实生活中这是一种不能表白和实践的爱，但文学艺术却可以把这不能表白的爱表现出来，这才叫"写真实"。由于我们多半把自己的母亲、父亲首先看作"母亲、父亲"，把老师首先看作"老师"，"人"和"人的魅力"便容易被遮蔽。这实际上也

第十二讲 唐诗宋词：如何辨析好作品的价值差异？

属于人性压抑的一种体现。由于"身份"把"人"遮住了，"身份"规定了我们和父母打交道的方式，那么家庭内部也可以是没有"人"的。但由于更衣首先是作为一个有魅力的女性出场的，"色"这个概念在日本文化中就是与"美"相关的。这一点与古希腊文化实际上是相通的。如果不理解日本的这样一种文化，我们就很难理解日本的近现代文化。日本明治维新以后之所以脱离中国的宋明理学，是因为有《源氏物语》这样一种"人"的艺术文化传统，生命之美和人性之美就可以突破制度、等级、身份的约束而展开自身。阅读这样的作品也就常常会与我们观念中的"乱伦"产生冲突。

关于类型化作品

在对欲望的问题上，儒家讲究节制，道家讲究淡泊，那么既不节制也不淡泊的欲望是什么？这样的追问有可能使诗人和词人的作品有重大的突破。贾宝玉、韦小宝这一类人既不属于节制的，也不属于淡泊的；苏轼这样的作家也不是节制和淡泊可以概括的。如果缺乏这样的追问，缺乏在欲望问题上的对创造性理解的追求，那么我们就可能会写出大同小异的类型化作品。《水槛遣心二首》（其一）中的名句："细雨鱼儿出，微风燕子斜"，是恬淡清新的意境；《春晓》中的名句"春眠不觉晓，处处闻啼鸟"，是恬淡惬意的意境。这都是唐宋诗词中的名句，但却不应该占据文学性的高地，原因就在于这种意境总体上属于道家恬淡的美学，属于道家文化的作品。我们按照这个模式可以在中国文学作品中找出相当一部分作品，这是一种类型化作品。

第十二讲 唐诗宋词:如何辨析好作品的价值差异?

这样的作品在语言、叙述形式、艺术表达和修辞上可以说都是不错的,但它们不属于独创性作品。最高境界的文学作品是有独创性的作品,其意味是儒家和道家均难以概括的。比如张若虚的《春江花月夜》便是如此。《春江花月夜》是以"复合意境"发现了海潮和明月共生的哲理,又引申出"人生代代"与"江月年年"共存的慨叹,最后落在"思妇"和"离人"在月光下彼此眷念的普遍共鸣,可囊括母子、夫妇、男女各种情感关系,宛如海潮、明月、人生、情感的共生,从而以丰富、大气、宁静的磅礴之美,超越唐诗宋词众多单一化的触景生情的意境,而位居"创造性文学"之丰富性的首位,并一改"相思之愁"为"相望之美",建立起一种独特的超越伦理的审美文化。

第十三讲
苏轼穿越现实的实践

不在意政治权力

　　熟悉苏轼的人都知道,从生存方式着眼,苏轼大部分时间都在凤翔、京都、杭州、湖州等地做官,也被流放过岭南,像韩剧《大长今》中的长今一样,身份、地位是不确定的。一个自称"吾上可陪玉皇大帝,下可以陪卑田院乞儿"的人,怎会在意"精英"还是"底层","在朝"还是"在野"的变异?苏东坡在宋神宗熙宁四年(1071年)一月起任开封府推官,在任期内,他出了一道乡试考题《论独断》(全题是:晋武平吴,以独断而亡;齐小白专任管仲而罢;燕哙专任子之而败。事同而功异,何也?),这激怒了王安石而立遭罢黜,苏轼对此连辩解的兴趣也没有,就携家眷前往杭州任太守去了。这种不屑辩解的言下之意是:苏轼上书神宗皇帝是"为民辩解",而"个人得失"则无所谓辩解,所以知识分子的言论是"面对世界"而不是"为自己"的。一旦在朝的

第十三讲 苏轼穿越现实的实践

"为民辩解"始终在政治方案上受到阻挠,则在不在朝也就无所谓了。苏轼的政治生活是不会依附权力、地位并为此花费精力的。苏轼在徐州任太守时,连续几十个昼夜不回家,奋战在抢救城池第一线,从而赢得了林语堂所说的"百姓之友"的声誉,正是苏轼的"只把事情做好"的政治观的体现。所以,陪玉皇大帝和陪卑田院乞儿,都只是"不同的事情",上书皇帝与抗洪救城也只是"不同的事情",只把精力放在"事情"上,作为"文章"的"事情"和作为"抗洪"的"事情",就都会做得漂亮。这就把以权力关系、利害得失为标志的政治轻松地"穿越"了,从而构成了苏轼独立的政治性生存方式——这种生存方式不是对抗政治权力的,而是不在意政治权力的。在日常生活中,也正因为苏轼只面对事情本身,他才会不考虑说话对象是"君子"还是"小人",一概直言率性相陈,从而被老婆数落为不会看人。苏轼一生的动荡坎坷,很大程度上也与这不会看人有关。所以,具有独立品格的知识分子,是既不会安于现状,也不可能安于现状的。

也因为苏轼能够"穿越"政治,所以他虽然与王安石有不一样的政治主张,但从来没有用政治家的手腕,通过推翻王安石所代表的"新党",而去贯彻他的政治主张。因为如果苏轼真的在意自己的政治主张变成政治现实的话,王安石几乎可以说是最主要的障碍。苏轼没有这样做,这就突破了儒家"推己及人""修齐治平"所规定的"平天下"的最大责任,将"学而优则仕"改造为"学而仕在学"——只在于用学术力量影响政治,而不是改变政治;政治家能否采纳学者的主张,那是政治家的事。读书可做官,但读书不是为了做官,学者可对社会启蒙,但学者不要对社会寄予"接受启蒙"的期望,从而才能保证政治与学术的区别。这一点,也同时区别于不看重学术对社会影响的"百无一用是书生"和今天过于专业化的"学术之独立"——"独立"不是与社会现实无关的"专业研究",而是通过学术的思想魅力"影响现实"。所以,"影响现实"就是"中国式独立"之"用"。也因为此,后来旧党当政,不喜欢依附帮派的苏轼依然孑然一人,说明苏轼根本没有治理天下的意识和行为,当然也就不会被依附权力的官员们认同。苏轼虽然被林语堂归为"旧党",但"旧党"作为一个政治群体的概念又怎能概括苏轼?独立的中国知识分子是不拒绝团体但从不依赖团体的。苏轼身上当然有"士当以天下为己任"的儒家传统影响,但是当苏轼把"己任"放在只是说自己的政治观上的时候,苏轼也就突破了儒家对"士"的"己欲立而立人"的政治要求,将言论限制在影响天下的范围内。这种无论是政治生活上还是日常生活上都不需要依附什么,更不需要和世界保持紧张关系的独立,是对以"紧张""冲突"为前提的二元对立思维的穿越,区别于西方式独立的特性十分明显。

苏轼这种以"事情"穿越"权力"、以"言论"穿越"体制"、以自己的政治观改造既定的政治观的做法,我理解为是尊重政治又不限于政治的中国式独立品格。

这种尊重政治的态度,首先是以平和的态度面对世界的任何事物,而不是仅仅针对国家权力和意识形态的,也只有这样的态度,才能保证苏轼独特的思想,并在各种时空产生影响。这一点,突出表现为苏轼在黄州当农民时针对当地溺杀婴儿的风俗成立的"救儿会"。这是因为一方面意识形态在文化整体化的中

第十三讲 苏轼穿越现实的实践

国,从来不是孤立的存在,它们与文化观念、民间意识以及知识分子自己的生活是水乳交融的。"平和"不仅仅意味着只把意识形态当作世界的一个部分,也意味着要常常看到意识形态、国家权力以外中国人的集体无意识在积极左右着、参与着国家的运行机制,更要看到自己的生活很可能是自己要反对的现实的一部分:溺杀婴儿的习俗与草菅人命的政治,岂能没有文化上的关联?所以,即便是现代中国知识分子在文化启蒙的意义上提出"全盘西化"的主张,其实也是国家意识形态的一个部分——胡适的哲学实践和王明的政治行为,都是这种主张的体现。"全盘西化"与"全盘国化",都是由"亲亲"思维导致的对"异己"和"落后"的拒斥,它们是同一种现实的"逆反同构",这两种立场都很难显现中国知识分子真正的独立品格。另一方面,由于这种"逆反同构"在中国文化内部中依然是一个整体,中国知识分子其实很少有能外化出儒、释、道结构的个人原创性思想来支撑自己的"独立",这就使得很多言论激烈的"独立之声",还是在既定的思想世界中循环。魏晋不少文人脱离不了"道本儒末"的格局,20世纪中国知识分子脱离不了"中西互补"的格局,都是很强有力的说明。

  为什么一个具有独立品格的中国知识分子,对整个世界(哪怕自己信奉和赞赏的事物)都应该采取平和的审视态度,而不是在对抗中进入膜拜另一种现实的循环呢?因为"尊重之平和"对知识分子而言,是摆脱"思想打倒"与"观念膜拜"这一"逆反同构",从而确立自己的主体性的最好方式——当中国现代知识分子对自己信奉的西方民主观、自由观等也能采取这种态度时，自己的思想便开始孕育和出场了，当一个知识分子不再轻易地宣扬他所选择的一种西方观念，也不再通过所谓"反思"宣称他开始"告别"过去的学术理念和研究领域时，他就能孕育自己的独立性。因为，这个世界所有现成的理念、所有的政治模式和生活模式，尽管可能其中有很好的东西，但对于一个独立的知识分子而言，它们全都应该是审视的对象。虽然现代中国知识分子谈"对抗现实"，某种程度上摆脱了对道家文化和性情艺术的依赖，但由于"依赖本性"的承传，西方思想文化所构成的"观念现实"就成为现代中国知识分子的价值依赖。这种依赖使得中国知识分子是非主体性的。西方文化和政治结构虽然有具体的内容与图景，但由于我们无法在理论上论证中国文化在思维方式、世界观、现行政治经济体制上走西化道路的必然性、可行性，这就很容易在20世纪90年代使思想文化"回归传统"成为主潮。这种或中或西所产生的价值徘徊，已经以"思想破碎"的现实构成了20世纪至今的中国文化的基本景观。由于我们在"反传统"中缺乏对西方以个体为单位的民主政治以必要的尊重的审视，在"回归传统"中缺乏对传统以情感为单位的伦理政治以尊重而不限于的改造态度，这就使得现代中国知识分子——无论是企图西化的，还是对传统审美眷念的——总体上对现实（传统现实、西方现实、当下现实）的轻视和对抗态度，均是十分明显的。

特别是，平和地面对所有世界，就意味着一个独立的知识分子，必须学会把政治问题与观念问题联系起来考察：如果一个人想改变政治现实，但又不具备改变支撑现有政治体制的观念

第十三讲 苏轼穿越现实的实践

的意识和能力,我想我们就不具备对中国政治现实进行以西方观念为坐标施以批判的权力。而政治问题、文化问题彼此关联起来后,一个人就不可能选择某一个对象和领域进行对抗性思考,他的批判性改造就只能是全方位的。由于尊重政治是以承认各种对象的合理存在为前提的,因而不限于现实政治就是对现有政治观念进行改造和表达。否定主义哲学认为:学而仕在学,仕而学在仕。学术与政治虽然可以互为工具、彼此渗透,但两种不同的性质不可混淆。学人参政、议政在于了解政治,传播和扩大学术思想,但不可通过政治化的行为排斥异己,更不可越界成为当权者,强行贯彻自己的政治和学术主张。一个学人从政,也必须将自己的纯粹的学术思想改造成为可行的政治思想,才能以政治家的身份出场和取得成功。这一点,不仅是苏轼与强行贯彻自己意志的王安石的区别,也是孔子与将儒学官方化的董仲舒的区别,而王安石变法的失败也正在于以一己的学术观点化为专制的政治行为。苏轼建议恢复御史监察制度,正是保证了自由张力的政治观,而不是西方意义上的个体权力至上的民主政治观。

最难在于"去欲"

从苏轼身上,我们还可以看出中国式独立的亲世俗性和不纯粹性,这对我们习以为常的拒绝世俗的圣洁人格与轻视世俗的人文品格,显然是一种挑战。如果说王夫之倡导"凡诸声色臭味,皆理之所显",强调"理"应该贯穿于"欲"中,以区别佛学道教的"净人欲",问题的关键就开始显现:什么样的贯穿于"欲"的"理",才是中国式独立与自由之"理",而不是宋明理学的"天理"?而这样的"理"是对抗"欲"的,还是渗透进"欲"的?

说到世俗生活,我认为是个人的本能、欲望、利益不断得到满足从而获得快感的生活。世俗不仅是指人的温饱,而且也包括人的享乐,也与古人所说的"声色犬马"和今人所理解的"人欲即饮食男女"的生活相似。以往我们在考察和衡量中国知识分子独立性的时候,更多的是从意识形态维度去看,而多少忽略

第十三讲 苏轼穿越现实的实践

了中国知识分子在世俗生活中所能展现的独立性,这才是他在精神和知识领域显现其独立性的"根基"。一个中国知识分子在日常世俗化生活中不能做独立的榜样,他在精神和专业领域的"独立"就是苍白的、不稳定的,他就很可能因日常生活、官场及其作品之间的不一致而消解了自身的独立形象。而苏轼,除了他的作品使他在精神上显出独立性,还因为这样的独立性与他健康的日常生活密切相关。这种健康首先表现在:苏轼既能体现出对世俗欲望(尤其是性)的喜欢与欣赏,又能通过他的文学和艺术创造亲和世俗又不在意世俗,这是一种穿越世俗的品格,而不是轻视世俗、回避世俗的品格。

说到苏轼的亲世俗性,那就不仅表现在苏轼如林语堂先生所说的是"百姓之友"上,也不仅表现为在黄州时他就是一个可以下到底层的"快乐的农民",更重要的是还表现在面对声色和娱乐场所,他从不显示自己的清高与圣洁,从而与一般知识分子的"谈性色变"的人文品格区别开来。在杭州,他不仅与和尚及风尘女子都有过交往,而且也为歌女写过"停杯且听琵琶语,细捻轻拢,醉脸春融,斜照江天一抹红"这样接近艳情的诗,并对性持一种诚实又诙谐的"难在去欲"的看法。"难在去欲"的"欲",在这里明显指的是"性欲",但承认性欲、私欲是一种去不掉的存在,关键是要看苏轼用怎样的"理"去对待。这种不拒绝和尚,也不拒绝渔民和儿童,并与他们做朋友的人,当然也不会拒绝歌女,我以为其中蕴含着传统伦理思考中的一个重要盲点:歌女为什么是与和尚、渔民、儿童不平等的人呢?为什么我们的美学从来不正视"性"与"美丽"的密切关系呢?这两种关系如何才能既区别于淫靡的艳情,又区别于视歌女为肮脏、堕落的人的伦理态度呢?这个问题之所以在中国伦理建设和美学建设中没有被我们作为"道德健康""生命美丽"等课题去认真思考,是因为中国伦理学和美学"尊卑贵贱"的等级文化的约束。所谓"细捻""醉脸""江天一抹红",当然谈不上是什么精彩词句,但却可以看出苏轼以平常心看待这一切。在生命世界里,"性欲"天然地联袂着"江天一抹红"的美感,那是男女双方在兴奋、激荡的心情中的天然感觉。虽然性欲、性爱和爱情在否定主义美学中是一些性质有差别的概念,但性欲有的时候会升华为爱情,却也是人类文化特有的审美现象,苏轼只不过是道出了天然和人为并重的事实而已。性欲与淫欲的区别就在于:性欲只是生命世界的一部分,并且因为只是一部分,而成就了它的短暂与鲜艳。性欲之美、爱情之美以及家庭伦理之美,其实都是丰富的审美世界的不同的美,并因为这不同而导致美的不同。所以,性欲的激情之美、爱情的沉醉之美、家庭的和睦之美,不应该是相互决定、相互取代的关系,而是因性质不同而彼此尊重的关系,并因为这彼此尊重而使得它们各得其美。审美专制主义不是将人的社会伦理之美凌驾于人的生命本能之美上,就是将人的本能之美建立在嘲笑和调侃社会伦理之美上,其结果就不再是用"世界的一部分"的眼光去看待世界,而是用"世界的中心"的眼光去看待世界。同样,淫欲之所以也是审美专制主义的组成部分,是因为一个人一旦将性欲当作全部世界而乐此不疲,性的本然之美就会在重复中产生异化——一个人就会因单一性和重复性而憔悴、衰老,并告别美丽和健康。如果将性欲与淫欲混淆,

第十三讲 苏轼穿越现实的实践

也会造成把世俗与世俗化相混淆的文化现状。不去区别亲和世俗与沉湎世俗的性质的差异,就很难解释沉湎世俗的人为什么曾经是拒绝世俗的人这一奇怪的文化逆反现象。更主要的是,我们已经没有思维空间在理论上思考为什么在中国拒绝者、回避者、歧视者并不一定是独立者、自由者。苏轼的达观和随意,在某种意义上就是坚持"多元对等"的生活所致。

轻视世俗欲望、拒绝世俗欲望、回避世俗欲望,我认为都是太在意世俗欲望,从而不能穿越欲望所致。面对苏轼亲和世俗的生活,传统道德和美学就会显出"尴尬"。这种情况,让我想起了印度哲学家奥修所说的"性是自然的,但是性意念是在反对性的教导下产生出来的"(《到达真爱的旅程》),性意识是被性俘虏的人的意识,也是在性上面不具备独立品格的人的意识;什么时候面对性,没有了紧张和恐惧,而只有愉悦和兴奋,我们就开始在性上面具有了自由的品格。奥修说过这么一个有趣的现象:"我每碰到妓女,她们从来不谈性,她们会问关于灵魂和神的事情。我也碰到过很多苦行僧和和尚……他们所问的问题没有别的,只有性。"我是这样理解奥修的话的:对性习以为常的人谈论神,将性不正常化的人通过讨论性获得同样不正常的抒发。引申开来就是,不惧怕世俗并将世俗生活习以为常的人,才是真正独立与强大的人。在对世俗生活和自然欲望的看法上,我认为苏轼脱离了从"轻视世俗、轻视欲望"到"沉湎世俗、沉湎欲望"的恶性循环,为中国文化提供了一种新的独立和自由的形象。因为在根本上,世俗与欲望都属于世界的一个组成部分,对世界的尊重,自然包含着对欲望和世俗快乐的尊重。

需要强调的是,苏轼的不在意世俗,不能简单地用道家的超脱、脱俗、旷达来大而化之地概括。因为苏轼的旷达、随意是以具有健康的生命力、勃发的创造力的作品和现实行为为支撑的,而道家的超脱和旷达正好是回避人的这些内容的,通过淡化生命力、创造力等人的现实活动能力,使得旷达可以"风格化",但人的内在生命力和思想很孱弱。直面现实的创造力不仅是苏轼能成为苏轼的根本原因,也是苏轼区别于欧阳修、陶渊明、沈从文、汪曾祺这些同一类型的作家的明显特征。落难黄州过着田园生活的苏轼,虽然很类似"采菊东篱下"的陶渊明,但苏轼的"天涯何处无芳草"与陶渊明的"性本爱丘山"有着本质的不同——苏轼是政治落难到黄州,不是自己的刻意选择,陶渊明则是几次拒绝为官,视官场为污浊世俗之地,视"方宅十余亩,草屋八九间。榆柳荫后檐,桃李罗堂前"为自己理想的、真正的生活,这就形成了两人对充满世俗利益争夺的官场的不同理解:苏轼"不怕官场",陶渊明"惧怕官场"。苏轼在官场虽然环境险恶,但依然坚持和实行自己的政治理念,所以没有绝望于官场;而陶渊明在《始作镇军参军经曲阿作》这首诗中写的"目倦川途异,心念山泽居",则是他根深蒂固的情结,终于在自辞彭泽县令后不再为官,思维方式上是把官场看黑了。苏轼不在意官场,从而穿越了官场,而陶渊明是太在意官场,从而回避于官场。陶渊明更接近道家的超脱,而苏轼则是用超脱很难概括的。超脱于官场的陶渊明,便只能安贫乐道于农耕生活,不会在农耕生活中去努力展现自己的独立人格并进行实践,而苏轼在黄州其实与他在朝廷任翰林并无二致:见溺杀婴儿就挺身而出与见王安

第十三讲 苏轼穿越现实的实践

石"新法"祸国殃民便挺身而出并无二致。反过来,官场中的功名利禄也应该区分为这样两种:神宗皇帝和皇太后对苏轼的启用,是出于欣赏苏轼作品中展露出的独特的思想才华,而王安石被重用,则是王安石的"新法"切合皇帝想要有所创新的意念。苏轼的作品因为其独特魅力可以被历代天子欣赏,而王安石的政策被证明失败后就失去价值。官场当然存在权力的争夺,但是当这权力掌握在作为翰林的苏轼的手中,便可造福于民;而权力一旦掌握在吕升卿这样的只会用权力整人的大臣手中,权力就是杀人的工具。所以,无论在官场还是在乡间,"什么样的人""什么样的权力",才是造福百姓或祸害百姓的关键。正因为此,我认为苏轼显示出与陶渊明不一样的对官场世俗的态度和理解:苏轼可以将道家式的"游"作为工具,并且利用"知、思、欲"来完成自己的思想世界的创造,而道家的人生哲学是将"游"作为生存目的,以无所用心、无所追求来过一种远离"知、思、欲"的淡然、清净的生活——即便是诗歌创作,也是陶渊明式的不问世间事务的平静和超然。相对于苏轼本然的"我行我素",道家的生存智慧体现在如何避免"知、思、欲"的干扰,将回避现实矛盾的淡然作为生存的最高境界。苏轼虽然也在雪墙上抄写过枚乘的"洞房清官,寒热之媒。皓齿蛾眉,伐性之斧"这种道家式的"忘欲"短句,但他更用"凡物皆有可观。苟有可观,皆有可乐"(《超然台记》)的审美观突破之——其间的奥妙,正是亲和道家又穿越道家的中国式自由的张力在潜在运行。

不在意世俗使苏轼既把歌女作为生命世界的一部分去审美颂扬,转眼又去构筑"山色空蒙雨亦奇"的审美画卷;不在意世俗也体现为他绝不会为官场利益所累所怕,也不会为他喜欢的田园农耕所迷所恋——即便如苏轼最喜欢的杭州,也随时可以离开之。这是一种生命在流动的意念。这种处理,就是中国式独立与自由的品格在面对声色世俗、官场世俗乃至个人日常生活世俗时所显现的健康形象。

儒、释、道概括不了

任何一个知识分子其实都首先生活在受观念制约的现实中,即便现实是指生活或体制本身,在描述和概括它们的时候,也离不开制约这种描述和概括的观念。20世纪的中国知识分子,不是受西学制约,就是受中学制约,中西思想之间的徘徊者,以不同的思想拼凑成自己的思想,而不能用自己的核心思想改造它们,根本上还是思想依附者。在这一点上,王国维在叔本华哲学、佛家思想、西方认识论哲学之间的徘徊和融合,可谓典范。这更反衬出苏轼作品中"二元对等"的原创性思维的珍贵。

从作家的全部文学和艺术创作生涯去看,我发现苏轼的作品一方面有符合儒、道观念和诗词传统的作品,也有儒、道观念和诗词传统很难概括的作品。显然区别于西方像凡·高、毕加索、卡夫卡、博尔赫斯完全对立于传统所形成的独特性、独立性,从而凸显出中国作家文化浑然性、复杂性的特征。把这个问题展开来看，鲁迅、张爱玲这些20世纪中国最具有独立品格的作家，在文化上也充分显示出与传统文化亲和的一面，这反衬出20世纪80年代"新潮文学"通过纯粹形式来与传统载道文学进行对抗所存在的局限。苏轼写过"人皆养子望聪明，我被聪明误一生，唯愿我儿愚且鲁，无灾无难到公卿"这样的与"聪明反被聪明误"比较接近的符合常识的诗句，也在黄州写过充满道家超脱尘世纷争的《满庭芳·蜗角虚名》"蜗角虚名，蝇头微利，算来着甚干忙，事皆前定，谁弱又谁强"，这与他同期写的"皓齿娥眉，伐性之斧，甘脆肥浓，腐肠之药"这种脱离世俗享乐的自我告诫，如出一辙。苏轼的作品立意独特，不是说他每部作品都有突破儒、道思想的独创品格，而是相对于他一些立意一般的作品而言，形成了中国式独立在艺术上亲和现实又穿越现实的张力。同样，在词的规范的意义上，虽然李清照批评苏轼词"句读不葺"，指苏轼"不规范的词"突破了晚唐五代以来一直到柳永所写的艳情词的传统，开辟了豪放词的新领域，但这并不意味着苏轼没有写过比较接近柳永的词。"细捻轻拢，醉脸春融，斜照江天一抹红"与柳永的"岸边两两三三，浣沙游女。避行客，含羞笑相语"就十分相似。他的《念奴娇·赤壁怀古》《水调歌头·明月几时有》在豪放的风格上也比较接近辛弃疾的《水龙吟·过南剑双溪楼》，尽管其内涵有明显差异。正是这种接近与亲和，构成苏轼亲和传统与群体的一面。

苏轼的文学独创，正是从不满足于亲和现实，进而突破了儒、释、道制约的创作格局开始的，使他最优秀的作品的深层意

第十三讲　苏轼穿越现实的实践

味难以被儒、释、道所概括——这种难以概括的内容,是苏轼研究中至今也未能很好地说清楚的内容,也是最值得去研究的。中国文人受"儒道互补"模式的影响,常常在对抗"文以载道"时走向魏晋文人虽狂实弱的逍遥生活,并使得竹林七贤的作品内容难免类型化。苏轼没有像魏晋文人那样在反儒中走向玄学,更没有隐居山林与书斋,其原因也在于他有哲学性理解作为支撑。其中很能说明问题的是:他没有公开反对"文以载道",但"文以载道"却解释不了他的"若言琴上有琴声,放在匣中何不鸣?若言声在指头上,何不于君指上听"(《琴诗》),这样的诗改造了《楞严经》中"譬如琴瑟琵琶,虽有妙音,若无妙指,终不能发"。《琴诗》在我看来之所以是苏轼最优秀的作品之一,其间奥妙,正在于苏轼亲和道又突破道的穿越张力所致,也就是说苏轼有自己的对"道"的理解,才会使得文学批评在面对《琴诗》这样的作品时用儒家的"天、人"思维去概括有为难之感。因为指头与琴的二元关系,被苏轼改造为既不是人从属于天(如董仲舒的"天人感应说"),也不是人有时掌握天(如刘禹锡的"天人交相胜说"),突破了历代儒家以天为主导的"合一说"或以人为主导的"对立说",以更接近今天的"主体间性"理论。如果说韦应物写的《听嘉陵江水声寄深上人》:"凿岩泄奔湍,称古神禹迹。夜喧山门店,独宿不安席。水性自云静,石中本无声。如何两相激,雷转空山惊?贻之道门旧,了此物我情。"看似好像也是对水石之间关系的领悟,但这种领悟一是停留在自然界的事物本身,二是尚没有揭示出两者的关系。苏轼这样既不过分强调"琴",也不过分强调"指"的关系,我理解为是一种"二元对等"的关系——这种关系是以人把"琴"也作为一个人格主体予以尊重为前提的,而不是简单的指头拨动琴弦。这种关系是形成苏轼作品平和、从容、大气风格的重要原因,并以此区别于其他豪放诗人与词人。对于他的代表作《念奴娇·赤壁怀古》这首词,多数学者喜欢从历史感、气势感和"抒情、叙事、写景、咏叹"紧密结合的写作角度去解读,这当然没有什么错。但问题在于:李白的"蜀道难,难于上青天""飞流直下三千尺,疑是银河落九天"也同样有气势,他们之间的区别在哪?如果说,李白的气势总脱不了个人情绪和视角的单一,那么我以为只有苏轼是用世界的眼光将自然、人类、政治、个人、古代、今天、情感、理性等,用对等的关系建立起了一个从容、平和、大气的世界。因为人与自然对等,所以人类的喜怒哀乐、成败得失才不在话下,"浪淘尽,千古风流人物"的宿命,才与现实的"风流人物指点江山"的激昂构成了截然的反差,古人和今人、英雄和凡人,其实就跟人类与自然一样,在终极命运上都是一样的、对等的。所以,"抒情、叙事、写景、咏叹"紧密结合的原因,实在是因为苏轼认为人类与自然、过去与今天、英雄与平民、男人与女人,是在对等的关系中发出的动人的琴声而已。可惜的是,古代文学研究界常常看到的是苏轼作品中有儒、释、道的材料,进而把苏轼解释为"集儒、释、道之大成者",但却看不到苏轼是如何通过自己的思想把儒、释、道建成有自己"天人对等"意味的世界,从而区别于也受儒、释、道影响的陶渊明、辛弃疾等作家。

在《念奴娇·赤壁怀古》这首词中,我们就看见了一个在李后主和柳永的词中难以看见的独立形象。应该说,李后主的

第十三讲 苏轼穿越现实的实践

"林花谢了春红,太匆匆,无奈朝来寒雨晚来风。胭脂泪,相留醉,几时重?自是人生长恨水长东"也是词中佳作,但其中的抒情主人公始终脱离不了对人自身命运的感叹,"水长东"只不过是在衬托"人长恨"而已。这种以人自身为抒发对象的借景抒情,不可能将景物作为一个人格世界来尊重,也就难以发现人与自然的区别,从而难以构成对等的从容的格局,当然也就如孟子的"万物皆备于我"的以"自我"为立足点。在《念奴娇·赤壁怀古》中,苏轼是把自然界的奥秘与人类的奥妙分别做了"浪淘尽,千古风流人物"和"江山如画,一时多少豪杰"的理解。这首词之所以公认是苏轼的代表作,正在于这两种世界所构成的平衡张力。而苏轼,不会仅仅是因为周郎赤壁这种典故而感叹"人生如梦",更会因为所有英雄和女人在自然与历史面前"灰飞烟灭"而感叹"早生华发"。这首词既没有把重心放在自然和历史面前,让人感叹自身的渺小,也没有刻意强化人的"雄姿英发",而让人产生超越历史的豪迈,而是让人在理解人类与自然的最终关系后,能平和、旷达,"一尊还酹江月"正是在这样的思考和感发中,苏轼的既能融入历史体验,又能外化出历史来看待历史本身的独立形象,便很好地建立起来了。

在此基础上来理解为什么苏轼要以诗入词,以豪放来改造词之缠绵传统,一切便释然了。准确地说,一个从容面对世界并且能对等地理解这世界的人,是不会视任何法则为天经地义不可改变的。无论这法则是文化的、政治的,还是艺术的。苏轼既能发现王安石"新法"的问题,也与旧党阵营的司马光政见不合,说明这世界上没有任何观念是必须全盘遵守的。在苏轼之前,词属于交付乐工歌女去演唱的歌词,而且大多是写美女、爱情、相思之情,柳永的"伫倚危楼风细细,望极春愁,黯黯生天际。草色烟光残照里,无言谁会凭栏意",作为慢词的一种代表,又使得词之特点公认为有一种幽微蕴藉之美。这种美比较适合表现个人的离愁别绪,既会赢得读者共鸣,也会无形中阻碍读者走向更为博大深邃的世界。而根本不在意个人离愁别绪的苏轼,当然不会满足于这样的词之格律和韵律的束缚;而面对整个世界写作的态度,必然使他产生"明月几时有,把酒问青天,不知天上宫阙,今昔是何年"的追问。所以,以诗入词,以豪放风格来改造柳永词的狭小的格局,实在只是我们看见的"枝叶",而"根源"则在于苏轼是在更大的世界中行走,并且把任何事物都看作是对等的而予以尊重。然而,与学界常常抬高苏轼贬抑柳永的"豪苏腻柳"评价不同的是,苏轼从来没有表现出对柳永慢词的轻视,只是在写出《江城子·密州出猎》后给朋友的信中说自己的词"别有一种风格",不同于柳永而已。这样的一种态度的含义是:不是柳永的词有时过于格局狭小情调淫靡而"不好",而是这样的词无法展示苏轼自己的对世界大跨度的理解和感受而"不够",所以词坛不能仅有柳永、李后主这样的缠绵之词。这就使得苏轼将自己的词放在与词之传统不同而对等的关系中,显示出既尊重传统又不满足于传统的中国式独立与自由的品格。同样,当我们在豪放风格意义上将苏轼与辛弃疾归为一类时,我们很可能也会忽略苏轼和辛弃疾对世界的不同理解所构成的词的内涵与境界的不同。辛弃疾终身都在为收复故国故乡而战而写,虽然热爱故土的感情具有积极的意义,但复

第十三讲 苏轼穿越现实的实践

仇性的对世界的理解有可能使愤慨之情遮蔽作品更丰富的意味,使他难以突破"红巾翠袖,拭英雄泪"的格局。所以,能否透过国恨家仇的情感走向更为博大的世界,能否以历史的眼光审视当下个人和时代的恩恩怨怨,就成为苏轼的作品与辛弃疾的作品在词的境界、气魄、意蕴方面的差异所在。这种差异,其实就是文学价值的差异。

第十四讲
《史记》：
中国最早的人道主义作品

为了一家之言的司马迁

长期以来,中国读者受传统文化的制约和影响非常深,常常会把伦理文化以及由此奠定的常识作为评价文学作品的尺度,"忍辱负重、清廉正直、大义凛然"等人物形象就会被视为正能量的英雄,承载这种形象的作品也因此会被称为好作品。反之,考虑自己生命、欲望和利益的人物形象一定程度上不会得到正面评价,这正是"文载伦理之道"的具体体现。20世纪以来,中国文学又把西方的人道主义思想、民主自由思想以及今天的市场经济思想,当作我们看待文学作品价值的尺度,动辄以"个性解放、个体尊严、自我意识、市场效应"这些观念去评价人物形象和作品,这同样属于"文载西方之道"。可是我们看看古今中外的经典作品,其人物形象和文学立意,却不是上述中西方文化观念可以解释和概括的。无论是哈姆雷特、格里高利、萨宾娜,

第十四讲 《史记》：中国最早的人道主义作品

还是贾宝玉、韦小宝、孔乙己，都不是上述这些文化观念可以概括的。在此意义上，中国文学在生存性质上基本还没有现代化，把西方各种人文观念和文学观念引进来阐释一番，也没有触及文学不承载任何观念而是消解任何观念这一本体性问题。忽略这一问题的中国现当代文学，在我看来其性质还是传统的载道文学。即便写出了再多的个性解放的作品、符合西方人道主义思想的作品，也不一定是体现文学创造性的好作品。

也就是说，如果我们从现实伦理、政治以及常识的评价中突围出来，用作家是否有个体化理解为尺度，来改造群体化的人文观念，才可能发现文学的本体世界。文学鉴赏与批评才是触及文学性的，也才可以解释古今中外优秀文学和时代的、传统的、伦理的价值观念保持着的一种审视性的关系。

讲汉代的文学，《史记》是不可回避的。讲中国文学史，如果读者只知道四大名著、唐诗宋词，而不知道汉代最伟大的文学作品伟大在哪里，不知道为什么在文化相对禁锢的汉代也会有伟大的文学作品，那么我们的关于文学经典的知识结构就是有缺陷的。在我阐发《史记》之前先提个问题：什么是历史？回答这个问题请注意历史史料是否是客观真实的问题。

历史事实是怎么产生的？我们根据什么判断历史事实？除了考古，我们阅读的大部分历史文献，能不能说是历史事实？一般我们的历史观念都建立在尊重事实和史实的基础上，但似乎很少会对历史文献上的史实进行甄别。如果对同一事件有不同的叙述和记载，我们常常会进行比较，然后找出中间值作为历史真实的依据。但中间值是否真的可靠？如果两种或三种不同的描述差异过大,存不存在三种描述都加入了主观成分的问题？如果无法证实和证伪历史事实描述的主观性、倾向性,我们就很难说这些史料就是记载了历史的真实。也就是说,如果历史史料是从不能避免主观性的文本中获取而来的,那么就很难存在完全客观真实的史实。因为任何文本一旦经过了人的记载,就经过了人的价值选择和过滤,同样的事实,人的因素的介入会产生不同的说法。这就是殷商文化的文字性记载多半都是周代以后的儒家记载的,故很难避免主观评价。在严格的意义上,我们找不到纯粹客观、纯粹真实,或不以人的主观意志为转移的事实和史实。

克罗齐有一个很著名的观点：一切历史都是当代史。一切历史都是当代人对过去历史材料的描述、分析和评价。每一个时代的描述、分析和评价很可能都是不一样的。所以,像曹操这个人物形象,我们过去评价为"奸雄"。今天我们还这样认为吗？即便《三国演义》把曹操写得问题很多,但是历史中的曹操不是小说中的曹操,他也做了很多好事,并不是奸诈的形象。曹操在历史上一会儿是红脸,一会儿是白脸,似乎都能说得通。真实的历史人物可能就是复杂的,不能进行单向度地分析和评价。如果让我写曹操,他可能是不红不白的。实际上考察任何人,他都可能既有红的一面又有白的一面,还有其他的颜色。人都是复杂的生命体,都是善恶并存的。如果一切历史都是当代史,那么我们用这样的一种观点去看《史记》的话,《史记》就是司马迁自己的历史叙述。

我们今天读《史记》的价值在于：司马迁进行了有自己史观

第十四讲 《史记》：中国最早的人道主义作品

的历史叙述，所以其价值不在于历史真实，而在于历史选择、描述、分析和评价上。《史记》的文化价值首先体现在司马迁写历史的态度和追求上，关于今天我们每一个文化人应该追求什么，司马迁已经做出了很好的实践。司马迁有一个很重要的观点："究天人之际，通古今之变，成一家之言。"这是司马迁在《报任安书》里对自己当时正在编纂的《史记》的评说，他把"成一家之言"作为人生的最高追求。有如此的追求，人才会忍受任何艰难和痛苦，哪怕忍受人格的侮辱。这才是司马迁为什么选择宫刑的原因。换句话说，自我的创造性实现才是一个人不在乎贫穷、艰难和痛苦的终极动力。

实际上，琢磨司马迁的人生实践，我们就会想到中国一些伟大的著作都是这么写出来的。周文王拘而演《周易》，仲尼厄而作《春秋》，左丘失明有《国语》，孙子膑脚《兵法》修列，韩非囚秦写《说难》《孤愤》，更不用说曹雪芹穷困潦倒创作《红楼梦》了。西方作家也同样如此。凡·高一生都是在生命的贫困中挣扎的，常常需要亲人的救济，其情感生活也一次次失败，但是凡·高的作品现在的拍卖价值却是最高的。这说明一个道理：人生得到的和失去的是一样多的。有的人活着功成名就、养尊处优，但是往往进入不了历史，或者在历史中占据不了像样的位置。典型的例子就是欧阳修。欧阳修当时的地位远远高于苏轼，是苏轼应试时的主考官，但是在中国文化和文学史上，人们对苏轼的爱戴和敬仰远远超过了欧阳修。这种反差甚至被当时的欧阳修也意识到了。活着的时候被人们拥戴得多，死了以后就会拥戴得少；活着的时候被人冷落，却有可能被世世代代拥戴，司马迁同样属于后者。

说到司马迁,就要说一下他受到的宫刑。当时司马迁为他的朋友李陵将军打抱不平。汉武帝刘彻派将军李广利和李陵领兵讨伐匈奴,李广利有三万兵马,但李陵只带领步卒五千人孤军深入浚稽山,与单于遭遇。经过八个昼夜的战斗,李陵斩杀了一万多匈奴,但由于得不到主力部队的支援,结果弹尽粮绝,不幸被俘。汉武帝询问太史令司马迁的看法。司马迁一方面安慰汉武帝,另一方面也痛恨那些见风使舵的大臣,尽力为李陵辩护。他认为李陵平时孝顺母亲,对朋友讲信义,对人谦虚礼让,对士兵有恩信,常常奋不顾身地急国家之所急,有国士的风范。司马迁的意思似乎是将军李广利没有尽到他的责任,皇上用兵不当。他的直言触怒了汉武帝,汉武帝认为他是在为李陵辩护,讽刺劳师远征、战败而归的李广利,于是下令将司马迁打入大牢。汉武帝给司马迁的选择:一是死亡,二是比死亡更残酷的刑罚——宫刑。司马迁因为要完成"成一家之言"的《史记》,最终选择了后者。司马迁当然不愿意忍受这样的刑罚,他悲痛欲绝甚至想到了自杀。当时的司马迁已经开始写《史记》了。因为司马迁从不隐瞒历史上所有皇帝、高官的缺点,所以当朝的最高统治者并不喜欢这样的著述,这其实也是司马迁入狱的原因之一。

我有时候就在想,如果是我会怎么去做选择?台湾女作家三毛也是如此。她的作品是人生和艺术一体化的,所以分不清哪些是生活,哪些是艺术。三毛自杀的一个重要的原因是她和荷西的爱情无法超越,在荷西死后据说她曾经遇见了西北歌王王骆宾。她也曾向他表达了自己的仰慕之情,但是没有被接受。这可能打击了三毛,但是这个打击从侧面更加体现出她与荷西

第十四讲 《史记》:中国最早的人道主义作品

的爱情已经达到了人生的顶点,三毛已经不可能再投入像她和荷西那样的感情了。对于一个女人来说,爱情往往是人生追求的最高境界,所以是可以为爱牺牲的。

司马迁的选择是为了自己《史记》能"成一家之言"。言下之意是为了创造自我,人才可以什么都忍受。创造出一个独特的思想和理论之"我",才是人生的最大意义,这就具有超越世俗以及生与死的重大意义了。或者说,为了这种意义的实现,死亡和屈辱都是可以超越的。这就不是为了活着而忍受屈辱,而是为了信念超越生死与功名利禄。中国知识分子中之所以有很多围绕功名利禄而活着,这种活着如果不是为了"成一家之言"的话,当然就不可能有超越生与死、荣与辱的力量。

从"一视同仁"到"一视同人"

如何理解司马迁的"一家之言"呢？在说司马迁的"一家之言"之前,我们首先要总体把握一下司马迁对于世界的理解视角。"究天人之际"是司马迁对世界的一个总体的思考视角。"天人之际"意味着世界就是人与历史、社会、政治和伦理的关系,这些关系总体上并不受天人合一关系的制约。也就是说司马迁借助了"天"所包括的自然、文化、伦理与"人"的关系命题,来思考人的个性、能动性和复杂性对于历史的作用,于是历史的主体只能是人。传统文化中,人对天是依附性的。天可以具体化为伦理、皇帝等,如果人对天是依附性的,那么就只能用传统文化来分析判断历史事件和人物,也只能用皇帝和圣人的观念来看待芸芸众生,也会用重农轻商、重义轻利等价值观念去评价历史中的人和事,就不能用"一家之言"来进行人和事的分析与

第十四讲 《史记》：中国最早的人道主义作品

判断了。司马迁突破了这个框架，这直接造成了他的"一家之言"是"人的历史"。我认为这是司马迁很重要的世界观和历史观，也是中国历史书写中弥足珍贵的。

首先，司马迁的"一家之言"表现在他是写人的，人是大于事件的，从而突破了中国正统史学以史实、事件为主的描述方法。班固的《汉书》对中国史学的影响也非常重要，但是它以天、伦理、史实为主体和重点，而不注重对人的思想、性格、缺陷做刻画分析。所以，扬雄、班固对司马迁的评价是不高的。扬雄认为司马迁的《史记》违背了孔子学说，班固觉得司马迁的作品不符合传统史学的框架。也可以说，汉代以后司马迁作品的史学地位是不高的，因为这是扬雄和班固制约史学界的时间段。在宋明以后，司马迁的历史地位和独特贡献才开始被重视。所以，我们看《史记》，一定要抓住一个字，那就是"人"。司马迁借事件来写人。司马迁认为人是创造历史的主体和决定因素。如果把人遮蔽了，那就不是真实、深刻、可感的历史。《史记》中最著名的写人的篇章是《项羽本纪》。项羽自杀之前说了一句话："天之亡我，我何渡为？且籍与江东子弟八千人渡江而西，今无一人还，纵江东父兄怜而王我，我何面目见之？"这是非常典型的"天命观"和"面子观"在项羽身上的体现。如果按照正统的儒家伦理去看的话，天命关照刘邦，而不关照项羽，历史事件就可以这样去评说了。但是司马迁在这个事情上是不赞同"天命观"的，而是将项羽失败的原因归结于个人因素。项羽的思想和性格，正是他走向灭亡的重要原因。看待项羽思想和性格的问题有两个角度：第一，急于称王。还没有打败刘邦他就开始称王了,不仅帝王思想相当严重,而且好大喜功,争强好胜。第二,杀人如麻,草菅人命。项羽打败秦军之后对于俘虏本来是可以充分利用的,结果项羽把二十多万俘虏全部杀死,这就把民心也杀死了。这两个问题说明项羽不仅缺乏帝王的素质和资质,而且也是把"英雄"称号看得过重的肤浅的英雄武夫,难成帝王之气,也难成女娲那样的拯救苍生的大英雄格局。这方面刘邦就不一样了。项羽一路屠杀,刘邦一路安抚,两种价值取向的区别就显露出来了。不管刘邦的安抚是政治策略还是政治目的,至少获得民心和呵护百姓是一个好帝王必备的资质,尽管刘邦在人品上还不如项羽的坦荡、率真、勇敢、重情,而好色和阴险,也使刘邦背负"小人"的恶名。但这实在是我们做价值判断的问题。"好色"是生物本性,好色又尊重女性是人性的正常,好色而不尊重女性则是人性的丑恶,好色又没有胆量的偷看则是人性的猥琐,刘邦属于哪一种呢?恐怕对于不同空间和阶段的刘邦,我们不能做一概而论的简单评价。在这一点上,司马迁对人的复杂性把握得非常准确:刚愎自用、狂妄暴烈、常胜将军,助长了项羽的性格缺陷;而游手好闲、贪图富贵、偏听偏信、能屈能伸,又使得刘邦的性格和品性复杂起来。按照莎士比亚对戏剧的看法,他认为人的悲剧大多来自自身的性格。当然性格的范围是比较大的,性格和品性有时候是有关系的,性格很难有善恶,但品性会使性格产生善恶的行为。性格属于天性很难改变,我们只能改变自身的思想和品性。如果项羽有尊重生命的观念,刘邦有尊重人才的观念,那么可能就不是《史记》中所呈现的形象和命运了。

刘邦和项羽的性格完全不同,其实都有问题。项羽是不学

第十四讲 《史记》：中国最早的人道主义作品

无术的,任何事只想用武力解决,而刘邦实际上是好逸恶劳的。这两个人都有缺陷,但是刘邦成王了,这说明了什么？说明成王的人,其人品也不能得到我们的肯定,人品有问题的王能造就什么样的国家,由此也成为一个问题。

那么为什么儒家要求一个人成为人品好的人呢？其中最主要的标准在于无私无欲,这样就不会与政治的功利要求发生冲突了,而"君子坦荡荡",自然也就不会因为阳奉阴违而消解政治的集权力量。《史记》虽然非常推崇孔子的影响力,但是并没有按照儒家学说的方式去观照历史,而是展示帝王将相的思想和性格缺陷,这就突破了儒家文化美化帝王的窠臼。写英雄和帝王的目的是写人,是让后人把帝王将相当作复杂的人去看。可以说,司马迁是中国最早的人道主义者。如果"阳奉阴违"是一个中性词,那么司马迁也可以用"阳奉阴违"的方式去写历史。"阳"是赞扬儒家的,"阴"是消解儒家的。

其次,司马迁写人,不仅仅只写帝王和将相,侠士、商人、妇女等,司马迁都给他们立传。只有一视同人,对人不分等级,才能够做到这一点。传统史书记载的都是帝王将相的故事,普通老百姓是进入不了历史的。但是司马迁突破了这个格局,所以《史记》里什么人物都有。凭此,司马迁就完全可以和西方文化打通:《史记》的现代意识体现为把所有人当人,而不是从等级、地位去看人。这就是司马迁的"成一家之言",在古代没有人像他这样去写史传。如果是苏轼,他也会为和尚、歌女立传。大家看中国的文学史,一定要注意这些把人当作人来尊重的作品,往往是异类的、独特的、边缘化的,但也是最有个体价值的。

关于《货殖列传》

《史记》还有一篇要去读,那就是《货殖列传》。所谓"货殖"就是指利用货物的生产与交换进行商业活动,从中生财求利,简单地说就是发家致富。在这一篇列传中,司马迁说了不同阶层发家致富的很多方法。这说明中国的精神文化和物质文化是无法分开的,精神文化和物质文化应该是彼此渗透的关系。孔子的弟子子贡是最富有的,孔子周游列国的时候,子贡经常帮助他,使用钱物去帮他宣传,所以孔子能扬名天下与子贡的奉献关系很大。在中国,人的影响、名声不可能完全脱离物质性的东西,"轻物轻利"在司马迁这里得到了审视和扬弃。在司马迁总体的观念中,农工商是并立的,所以他单列一章专写各种各样的商人。越王勾践也是通过范蠡、季然这两个人来使越国强大的,所以司马迁在列传中把这两个人作为重点进行记载和描述。他

第十四讲 《史记》：中国最早的人道主义作品

认为钱财对国家、家庭的幸福稳定以及个人声望都是非常重要的，这是《史记》的一大特色。

汉代作为中国文化史上非常繁盛的时代之一，得益于开放关卡要道，解除开采山泽的禁令，因此富商大贾得以通行天下，货物交易畅通无阻，人的欲望能得到某种程度的满足。一个朝代的经济和文化的宽松，往往来自政府较高的开放程度。但是我们应该想想，汉代的经济和文化就已经开始繁盛了，为何我们还建立不了重视商业和文化并立的新型文化结构？

"轻商"和"重商"是一种恶性循环。明清之际的商业也有很多机会和资源，但是没有得到发展，原因在于我们的传统文化观念没有得到改变。"轻商"和"重商"都是错的，遏制就会导致放纵，在文学史上也是如此。"载道"和"言情"的文学观就像波浪似的运转与变换，历史就是循环的，传统文化就制造了这样一个循环的观念。"克制"和"放纵"就是中国文化和中国历史循环的奥秘。要突破这种循环，关键是改造节制欲望、轻视商业的基本观念。

我的观念改造是：尊利而不唯利，尊重欲望但是不唯欲望，有利益和欲望才有放松与健康，而有放松与健康我们才能超越欲望。所以解决问题的办法不是轻视和节制欲望，而是尊重我们的各种欲望。我们首先生存在一个继承、依附、模仿、学习、认同的世界中，这个世界是人的自然世界，自然世界的循环性使得我们把延续作为生存的性质。尊重这种延续和循环，不能掠夺自然以使循环性中断，但是对于循环世界我们不能太过依赖，以致将文化创新问题也纳入其中，那就会"变器不变道"，"观念之道"就不会改变。而始终不改变的"观念之道"如何应对新出现的文化问题、社会问题？由于我们只能在轻利和重利之间循环，这就导致我们只能说出与利益相关的理想，但几乎说不出我们还需要什么。如此，司马迁以"一家之言"作为人生理想这件事，我们就会觉得很奇怪；也会对创造一个独特的"我"感到很奇怪。这样一来，"创造自我"这个概念很多人就不知道该如何身体力行。

谁是真正的英雄？

项羽和刘邦各自都有缺陷，但是一个英雄不会因为有缺陷就不是英雄，恰恰因为有缺陷才成为"人的英雄"而不是"神一样的英雄"。可惜，这正是我们在英雄观念上的一个很大的问题。英雄首先是一个人而不是一个神或圣，人的英雄性不是克服人的缺陷，而是能容纳人的缺陷。英雄性不是屈原式的人格完美、品格完美、人性完美。英雄性是就英雄行为而进行的努力，而不是将这种努力看成是与人的缺点相冲突的。英雄性体现在人生追求以及达成这种追求的目标和方式中，而不是克服属于人的缺陷和欲望。对于项羽与刘邦而言，身为王者，他们都是要济天下，为百姓谋幸福的。从现实的角度来看，刘邦虽然成功，项羽最后失败，但这不足以评价他们能否成为真正的英雄。英雄不是成者为王、败者为寇。项羽虽然失败了，但不见得不是一个英雄,关键是看他追求什么。无颜面见江东父老,是否透露出他的追求过于在意英雄的形象或英雄之名,过于看重所谓的英雄气概?项羽有勇有谋,武艺高强,这些其实都还不是我们评价英雄性的主要标准。勇和谋不一定服务于一个有价值的目标,勇和谋是可以被利用的。霸王的"霸",也许与性格有关,比如我们常说一个人霸气,这不是贬义,也不是褒义,如果是秦始皇那样的"霸"就有问题,但如果是李世民那样的"霸"就应该没有问题。王者的"霸"可以是一种力量,也可以是一种专制,关键是看能否造福百姓,能否为天下百姓的幸福和安危着想,而不仅仅是为江东父老着想。能够造福天下百姓,这个人的勇和谋就是向善的,即使失败了也依旧是英雄,否则其英雄性就要打一个很大的折扣。这样来看的话,项羽的一生都是在捍卫他的霸气。"霸气"在项羽这里是一种"唯我论"。为了捍卫这样的形象他至死不渝,似乎死得很壮烈。如果我们仅仅因为他死得壮烈和充满豪气而觉得他是大英雄,那么就缺少对于一个王者为什么而死的考量。为自己的英雄气概而死,还是为天下百姓谋幸福而死,是两种不同性质的死。

在宽泛的意义上,敢于牺牲者都是英雄,在历代农民起义中、在抗日战争中、在国共两党冲突中、在抗美援朝中,都有很多壮烈和英勇的牺牲。但是如果牺牲的目标是模糊的,死得再壮烈、表现得再英勇,我们也不能称其为真正的英雄。比如抗日战争是为了捍卫民族尊严、领土完整,目的非常明确,所有的抗日烈士都具有英雄性。而农民起义的目的是什么?这就值得深入追问和思考了。是争夺权力的战争,还是为百姓谋幸福的战争?

第十四讲 《史记》：中国最早的人道主义作品

什么才是为百姓谋幸福？这都需要放在历史和全球化的视野中去考量与追问。一般说来，为一个明确的、有价值的、全球通约的标准和目的牺牲是不会后悔的，为一个不明确的目的牺牲就会后悔了。比如为拯救生命、为对抗人格污辱、为爱情而牺牲的行为，我们始终不会后悔其价值和意义，当然这样的牺牲就具有了真正的英雄的意义。这就是为什么《泰坦尼克号》中的杰克不会后悔的原因，因为他是为了爱情而牺牲。

在今天整个现代化的过程中，"理性"成为一个非常重要的建设内容，因为现代化就是在笛卡尔"我思"的意义上拓展出来的。"理性"就是对"为什么而死"这个问题的追问，而不再是"死得壮烈就是英雄"的简单判断。刘邦的政治追求是什么我们先不做分析，刘邦的人品阴险、个人私欲明显，这些都可以作为人格上的缺陷来看待，但是这些缺陷与伪善又是分不开的，私欲与人性和日常生活也是分不开的。刘邦是中国历史上第一个贫民出身的皇帝，他建立了中国第一个最稳定、被世人所认同的大汉王朝。造福于民就意味着对秦王朝的暴政、苛律做出了重大改造。汉朝去除了徭役、田税，在用人上基本是海纳百川的，这都与作为农民的刘邦的亲民政治分不开。尽管刘邦的英雄气概和人格品性似乎不具备我们理解的英雄性，但是作为一个为百姓着想而不是考虑个人名利的王，刘邦却是一个真正的英雄。关键是要将如何呵护百姓的幸福变成一种政治制度和教育理念。但刘邦没有在如何造福于民上进行持续的政治反思和改革。如果这样做的话，刘邦在我心中就是一位优秀的皇帝了，后来的君主可能多多少少都不如他。在这一点上，我认为刘邦的英雄性体现在造福于民的努力上,他采取了一系列措施,权势、谋略也被他用于造福于民这样一个政治目的。

　　这种看待项羽、刘邦的视角,也适合用来看待古代其他帝王、知识分子和民间人士是否是王的英雄、人的英雄、民族的英雄,等等。这当然是在现代性思路下对"英雄"的理解。现代性的考量必须是尊重生命、造福老百姓的,而不是权力斗争。

第十五讲
《离骚》:
如何理解屈原的圣性追求

如何看待"先王美政"?

对中国文学经典进行分析梳理,屈原的《离骚》是不得不提及的一篇作品。《离骚》作为楚文化的源头,是一个带有神秘、浪漫、奇幻色彩的文学文本。楚文化和汉文化是有区别的,楚文化追求奇幻绮丽,对生命力是高度尊重的,其文化源头是殷商、高庙等,在文学上就会显现出与儒家文化作品不同的特点。《离骚》中的屈原是我们现在文学界、学术界高度肯定的人格形象。屈原是为了自己的美政信念牺牲的,殷商时期的先王汤帝、贤臣伊尹等的美政构成屈原的政治理想。为了这个政治理想,他修身养性,加强自己的品格训练。但是他的整个作品抒发的是美政信念不被楚怀王所接受的一种苦闷,而且周围的小人不断地陷害屈原,在这种环境中,他更加坚守自己追求的信念,选择的是对抗的方式,最后走投无路了,选择自杀。

第十五讲 《离骚》：如何理解屈原的圣性追求

面对这样的形象，我们今天应该如何分析呢？因为关于人的素质和品格，我们有一些非常重要的传统评价标准——忠诚、坚定、执着、牺牲。这些品格往往因为与人类共同的信念有密切关系，而从未被我们反思过。一般而言，这种评价标准是没错的，但忠诚的对象、坚定的方式以及为什么而牺牲这些具体的追问被过滤后，问题就逐渐清晰了，呈现出复杂的一面。

我们阅读《离骚》，应该对屈原身上"九死未悔"的道德情操、人生信念予以尊重和尊敬，但这"九死未悔"执着的是具有儒家色彩的美政，具体内容是先王如尧、舜、禹、商汤、后稷、文王以及齐桓公、晋文公和楚之三后等的品格，忠臣如伊尹、傅说、吕望、周公、宁戚、箕子、介子、国神比干、伯夷、叔齐、伍子胥及楚之子文等的品格，这些先王、先臣的品格当然比当世的楚国的昏君和奸臣要好很多。但天堂失去便不可返回，那么执着于返回，这样的"九死未悔"有没有乌托邦问题呢？

今天，我们除了说出衣食无忧、吃喝不愁、社会安定的好日子，还能说出什么？如果我们说不出来，那么我们就没有什么执着的对象去"九死未悔"，当然我们也就没有信念。如果好日子意味着衣食无忧，这可以达到，所以不是信念；如果好日子意味着奢华享受，那也不是信念，因为奢华之后很有可能是简朴，所以这样的追求只是一种循环，内涵是不确定的。让全世界人民都过上好日子也不是信念，因为先不论各种文化是否都赞同过衣食无忧、吃喝不愁、社会安定的日子，即便都赞同了，那也不是信念，因为人们对好日子的理解程度不同，以及好日子的内容的不确定性不可能让人"九死未悔"。我对信念的理解是，人除了过好日子外,必须有思想、精神、文化上的贡献与追求,贡献出世界上没有的东西,这是生命和自我的全部价值所在,能够让人执着。司马迁的信念是作为知识分子贡献自己的"一家之言"。"一家之言"不一定换来利益,所以这是一种信念。能被利益左右的都不是信念,因为利益是可以获得的。从这个角度我们来看《离骚》中屈原的信念可能会存在什么问题呢?

《离骚》分为几个层面:首先,"帝高阳之苗裔兮",即"我是古帝高阳的子孙",这是开头的第一句。接着屈原说他自己出身贵族,父亲赐予其美名,叫作灵均,他高度地庄重自爱,天赋予他很多良好的素质,然后他不断地加强自己的修养。这个开头,强调出身的高贵,导致思想、血缘的世袭性优越,体现了屈原对先王政治的自豪和捍卫,这一点与孔子比较相似。孔子推崇"克己复礼",天下归仁,渴望恢复周文王的政治礼仪,这样的价值取向是回溯的、向后的。屈原用先王的理想政治和楚怀王构成了对抗状态,他觉得楚怀王没有像先王一样做到善待人民,用人偏听偏信,所以屡次进谏楚怀王。楚怀王有时也能采纳,但是始终落实不了。屈原就开始埋怨楚怀王,怨恨之情贯穿《离骚》始终。这种价值取向,用现代性的角度来看,我认为是有问题的,是依附性的政治,而不是创造性的政治。创造性的政治是:过去的王朝再好也不一定适合现在的王朝。时代是在发展变化的,经过儒家等级文化和权力文化浸染后,过去的王朝只能提供资源和经验,但是不能照搬,否则依然是乌托邦审美政治。动辄就要回到先秦,回到传统的文化之中,这样的价值取向是依附于既定现实的,无论这现实指的是古代哪一阶段的现实。虽然屈

第十五讲 《离骚》：如何理解屈原的圣性追求

原回溯的政治与孔子的不尽相同,但价值取向是一种非创造性的审美政治。这种回溯性的审美政治,与儒家的"征圣"思维是一致的。这种一致,正是屈原悲剧所在。

我们审视、理解屈原可以分两个维度：屈原守护美政时的信念是义无反顾的,这一点是可贵的。但是因为这是依附性思维,所以我们又应该用审视的眼光去看待。不论我们如何去理解过去的历史,其实都带有当代性的眼光和理解。西方的文艺复兴重返古希腊,结果是建立新的哲学,是返回古希腊的文化精神,建立了新的理性主义文化。理性主义文化和古希腊文化还是有区别的,这就是"我思"的存在意义被突出了,核心是笛卡尔的"我思故我在"。古希腊的亚里士多德、苏格拉底都在对世界"思",但"思"本身没有上升到主体论的高度。"我思"在笛卡尔这里实际上是一种本体论,所以我不思考就不存在。从《离骚》的开头就可以看出屈原思想上有世袭和血缘的观念,但缺乏对先王政治和品格的审视,楚怀王的问题难道没有和先王存在文化上的关系吗？或者换一个问题就是：周文王与商汤是同样的先王吗？由于周文王做《易传》的目的是加强等级性文化,权力文化被凸显出来,这不同于商汤帝可以平等对待臣子伊尹的文化,这就使得"先王美政"遮蔽了先王之间的价值差异,也遮蔽了屈原将楚怀王与同时期其他王者横向对比的视野。简单地说,如果品质好的王才能成为国王,那么先王会有品质上的差异,而屈原为什么没有看到秦、齐、赵等国的王可能存在的人格和思想的差异呢？这种差异又使得我们应该如何理解美政呢？如何理解"血统高贵,品质必然高贵"这个判断呢？如果经过审慎的思考得出的结论并不是肯定的,那么屈原对"先王美政"的信念是否还能够"九死未悔"?

其次,孔子说"学而优则仕",原意是学习有余力可以做官,后指学习优秀就可以承担天下的重任去做官。在中国确实有很多学术优秀的人开始从政了。但很多从政的学者并没有在政治中实现自己的学术抱负,而是进入政治的运转体制后和功名利禄发生了更密切的关系,从而放弃学术本位。此外,学者从事政治,官员的利益很大程度上影响了学术追求,写的文章越来越无趣,越来越缺少思想的锋芒,这当然是学术的悲哀。其原因在于,儒家学说在政治与学术关系的处理上是政治决定学术,学术和人性自然都会被轻视。无论是在什么意义上理解"学而优则仕",我认为这个观念均应该改造为:学而仕在学,仕而学在仕。仕与学,是性质不同的对等关系、互动关系。"仕"是改变世界的,"学"是影响世界的,"仕"把学术作为工具,"学"把政治作为检验学术可实践性的方式。这就是学术的现实性和超功利性的统一。学术和政治是两种生存性质,看一个政治家就是看他能否改变世界,而不仅仅是为了维护权力的稳定。如果能够改变世界,他就是一个真正的政治家;如果能够创造性地改变世界,他就是一个伟大的政治家;如果这种创造对人类政治生活有历史性的影响,他就是影响人类历史进程的伟大政治家。一个所谓的政治家,若他的意图只是在于维护权力的稳定,那他就不是一个真正的政治家。当然这牵涉到如何判断改变世界的价值取向。克伦威尔领导的资产阶级革命在人类历史上非常伟大,因为资本主义从此开始诞生了,这个世界改变了。但是多数农

第十五讲 《离骚》：如何理解屈原的圣性追求

民起义,并不是改变世界的,而是维持原有的制度,这就谈不上意义,这也是洪秀全作为农民起义领袖存在的问题。因此,"成者为王"在我这里就不具备判断政治价值的意义。中国的农民和地主之所以在根本上没有区别,是因为农民打败地主后又变成新的地主。中国现在进行的政治改革和经济改革,是在进行改变中国传统伦理、政治、哲学观念的实践,最重要的是,这种政治改变不是按照西方的现代化理论进行政治实践,而是从中国文化出发去进行不同于西方的创造性改变,这样的政治改变的难度就是空前的了。从中国文化出发并不一定是从儒家文化出发,而是从殷商文化出发,屈原在这一点上是对的,问题在于他想把先王政治直接移到楚国,想通过先王的政治来劝导楚怀王改变世界,这就又是政治依附性的问题。殷商文化有比"先王美政"更加丰富的文化内涵,如生命力崇拜、武力崇拜、神力崇拜,等等,这些崇拜会开拓出怎样的政治文化,才是最重要的。

怎样理解屈原的自杀?

在此意义上,我认为屈原最重要的作品应该是《天问》。《天问》是对世界发问,提出了很多自然、社会、政治方面的问题,尤其是很多文化起源"是否从来如此"的发问。这个发问的传统,中国知识分子并没有承继下来。如果承接下来,屈原不仅可以"阴阳三合,何本何化",对儒道的"阴阳太极"是本体还是现象进行追问,而且可以对先王的美政产生新的审视,后人也可以对孔子欣赏的周文王的儒家政治进行发问,甚至对《易传》和《道德经》也可以发问,可以对世人所公认的伦理和常识进行发问与改造。如大公无私、先大我后小我等,真的在任何情境下都是正确的吗?也就是说,发问是在似乎没有错误的地方去发现问题、发现错误。遗憾的是,屈原对世界发问的精神,到《离骚》中成了政治性的规劝、抨击和忧虑,屈原如果对众多先王也发

第十五讲 《离骚》：如何理解屈原的圣性追求

问,就不会单单埋怨楚怀王,而会深入思考造成楚国当下政治际遇的各种因素,当然也会审视楚怀王的观念、思维、人品等,尤其是政治文化或延续或中断的文化因素、时代因素,用自己的政治观、王者观说服楚怀王。如果屈原靠自己的对"先王美政"改造过的政治思想来影响楚怀王,而不是靠"先王美政"来劝说楚怀王,效果又会怎样?

在这个意义上,屈原坚持"先王美政"的政治理想,也可以说存在着依附既定政治的问题。对楚国政治状况的忧虑,构成了屈原后来自杀的情感和心理基础。屈原走不出这种冲突,在绝望中当然会自杀。如果屈原从先王的政治人格走向新的楚国政治人格的建构,不是简单地以先王为价值坐标,我想屈原就进入了鲁迅的"虚妄为美"的状态,就不会轻易结束自己的生命,而是以自己的政治信念来持续战斗,而且会重新考虑战斗的方法。这种战斗甚至可以不把希望寄托在楚怀王身上,而寄托在楚国的老百姓身上。由于他以忧虑的心情去看待楚国并把希望寄托在楚怀王身上,便只能看到周围人的陷害、攻击,抱怨楚怀王受这些小人支配。一个忧虑的人只能看到一个让其忧虑的世界。这种敌意让屈原背负的东西太重而愈加陷入孤立无援的境地,从而把世界看成污浊的,进而把自己看成"圣性"的代言人。如果他把自己的精力放在如何打动、启发楚怀王上,如何通过尊重世俗的精神影响他看不起的那些小人,就不会陷入这种让其自杀的孤立境地。也就是说,让楚怀王接受自己的美政政治哲学理想,不应该建立在拒绝世界污浊的基础上,而是能亲近污浊又能影响与感化这种污浊,屈原的世界就不会是绝望的、封闭的了,其"九死未悔"的意念就会得到"改造—拯救"的调整。因为中国文化本来就构成了一个整体性的世界,以死来抗争这个世界,是不能够影响和改变这个世界的政治与人们的观念的。而屈原痛恨的那些小人,不是正好可以在屈原死后更加肆无忌惮了吗?

学术是影响政治的,而不是改变政治的。学者、理论家不承担改变世界的责任,但是一定承担影响世界的责任。这是我的学术观和政治观。放在我们今天的学术标准上去看就是:是否在国际国内权威刊物上发表过文章是次要的,如果发表的文章不能持续地影响世界,不能成为其他学者的参考、引用、运用的理论和方法,在权威刊物发表再多文章也说明不了问题。用西方的理论描述中国,也能在世界权威性杂志上得到发表,但是这样的发表并不能使人对西方哲学家进行审视和批判,也不可能在理论上有中国学者对世界的贡献,而更多的只是在阐释和实践西方的理论。这样的阐释只是在帮助西方理论影响世界。所以进行学术交流的时候,我们也不要指望改变他人的看法,而只能期望是否影响了他人的看法。至于他人能不能接受,能接受多少,是他人的主体性和创造性所决定的。他人即使接受了你的看法,也多半只是接受了你的启发,并不是完全接受你的思想和学术观念。如果完全接受你的观点,对他人而言那并不是好事,这依然是一种观念和思想依附的表现。

这就说到屈原的自杀了。如果屈原有自己的政治思想观念,他就不会自杀,正如苏轼有自己的政治哲学,他反而达观地对待世界。战国时期要建立自己的政治思想观念,不可能照搬

第十五讲 《离骚》：如何理解屈原的圣性追求

先王的品格，而是要容纳王者品格的不完美。战国七雄，没有一个在人品上比先王的人品更完美的，甚至可能也不如春秋五霸的齐桓公、晋文公、楚庄王、秦穆公、宋襄公。在个人利益和个人权力的文化出场以后，就不可能以消除这种文化为基础回到"先王美政"，而是要考虑容纳个人私利又能突破之的新的政治文化问题。在这一点上，屈原实在应该向苏轼学习。苏轼上奏万言书给神宗皇帝，批评王安石变法的危害性。但苏轼并不真正在乎神宗皇帝能否接受自己的政治主张，也没有认为王安石人品有什么问题，这是苏轼与屈原的重要区别。上奏万言书只是表达自己的政治观点，而并不是一定要说服神宗皇帝，这使得苏轼在任何情况下都能保持知识分子重要的边界意识：只在言说。中国历史上很多人之所以走屈原的道路，就是想把自己的政治、文化理念变成现实，这一点上王国维和屈原很相似。王国维企图回到宋代的政治文化中，是一种"崖山之后无中国"的心态。屈原与王国维相似，苏轼则与孔子相似。这是两种审美取向。在汉末之前，孔子的学说只是个人的思想，他周游列国试图影响世界。虽然孔子的学术思想就是政治理想，但学术只是个人对世界的理解，转化成行之有效的政治观念必须有所改变。董仲舒对儒家学说做了改变，提出"天人感应说"，把天治和人治连为一体。后代的儒学也是对先秦儒学做了改变，成为政治化的儒家才具有政治实践的意义，但这确实与孔子的思想不完全是一回事。

屈原的自杀就是因为把学术的抱负和政治捆绑在一起了，公元前 278 年，秦将白起攻破楚都郢（今湖北江陵），屈原悲愤交加,怀石自沉于汨罗江,以身殉国,表面上看这是屈原尽忠爱国所致。班固在《离骚赞序》中说屈原痛恨昏君当朝,不堪忍受浑浊世事,所以自投汨罗江。王逸在《楚辞章句·离骚序》中则说屈原写成《九章》后,很想证明自己的理想,但终究没能如愿,投入汨罗江自沉而死。司马迁的《屈原列传》也认同这种看法。但自己的政治理想为什么一定要依托当朝的昏君?屈原创建了一种学术依附政治的传统,这种传统就会导致学术脱离政治,学术不介入现实政治,只是与知识和修心打交道。事实上,20世纪80年代到90年代,有部分学者就做了如此的选择。原本做思想批判的都去做文献和资料整理工作了,要么就进行历史梳理,但是因为没有自己的文学理论观念,所以在新的文献整理出来后,还是没有自己的思想,对旧的结论就突破不大。还存在一种学术对抗,就像近现代中国学者用西方理念来对抗中国儒家传统,主张全盘西化。我认为这都不是学术与政治的正常关系。学术对抗政治其实是依附政治的结果,受政治所累才会去对抗政治,因为目的是改变政治。所以,刘邦作为一个政治家是合格的,但作为学问家是糟糕的。我的理想是学术对世界和老百姓同时能产生影响,而不是让政治家、老百姓接受学术观点。我们的所有学术讨论无论是什么层面的,发言能引起别人的思索,别人能从发言中获取启示,这就是最好的。屈原如果作为一个政治家与楚怀王打交道,自然不存在这个问题,但是政治家哪有劝说不成就自杀的道理?政治家也不应该在楚国危亡之际放弃黎民百姓去自杀,所以对屈原的定位还是知识分子、诗人更加合适。

荷花出淤泥：虽有染而不变其质

屈原自视甚高，这同样是他自杀的重要因素。他在《离骚》中多次写到他与平凡人是不同的，是不可同流合污的，从而表现出屈原独善其身，在道德上对人格的自我认同，结果就是对世俗功利、污浊采取了轻视和排斥的姿态。在儒家文化的主导下，把国家的利益放在首位，对个人的利益就要无视和轻视，至少是节制。但是如果不是以儒家的先王，而是以商汤为表率，就不能对世俗的和追名逐利的人采取排斥、轻视的态度。屈原经常在作品中使用花草来比喻圣洁。这样一来导致了一个问题：大家会对这个圣人敬而远之，甚至攻击这个圣人。这也是学术脱离现实的另外一种表现。从我个人来说，我没有看到过完全圣性、圣德的人，我自己也做不到，所以我不要求大家去追求完美人格，我们都有不完美的人格，这就是尊重现实。如果屈原选择尊重和拥抱现实,那么他的做法就会完全不一样了。他就不会说周围都是争名逐利的势利小人。我认为屈原是过于圣洁了,如果他的个人欲望不流露出来,他就太凌驾于现实之上了,太圣性了,这就违背了中国的整体性文化。整体性文化意味着我们和世俗是分不开的,所以我认为屈原应该首先去理解周围的人为什么去陷害他,楚怀王为什么不接受他的政治主张,屈原在道德上是不是把自己放得太高了?

我们的现实社会中也会出现这样的情况,如果一个人太自视甚高,背后肯定有人说他的坏话。世世代代都是这样的。当然自视甚高不能一概而论,尼采那样的自视甚高没有问题,因为他太超前了。但在中国的整体性文化中,我倾向于自视甚高内在化、潜在化,捍卫的不是"高",而是"独特"。这意味着首先要理解现实,理解现实中的人为什么都争名逐利、尔虞我诈,不理解现实谈何改造?鲁迅在谈问题的时候其实也是在居高临下地看中国农民,这种姿态固然造成了鲁迅的深刻,但又使得鲁迅疏离了农民,从而被孤立了。问题是尼采提出了"超人",鲁迅却什么方案也没有提出,这种孤立就存在问题。中国农民即便都如阿Q和祥林嫂,那么该怎么改造他们呢?如果只是指出问题但提不出解决问题的方案或者指向,这种启蒙者或批判者当然也就有局限性。五四运动以来,中国知识分子对于农民、百姓都扮演着启蒙者的角色,这可以说是屈原式圣性人格的当代延续,不同的只是依附于西方文化和政治而已。这种轻视来源于儒家的圣性人格,对待现实时自以为是"圣",自以为真理在握。所以我提倡要"穿越世俗",即尊重世俗又不限于世俗,可以内在

第十五讲 《离骚》：如何理解屈原的圣性追求

地审视和改造世俗。我的看法不是荷花"出淤泥而不染"，而是"虽有染而不变其质"，用内在灵魂和本质影响整体，就会更有力量。而圣性、圣德之所以在孔子这里都感叹为是没有力量的，就在于轻视好色、好利与生命的有机联系。在此意义上，我认为中国的思想家、学者、启蒙家应该进行观念和思维方式的转换。屈原对待小人的方式不像苏轼那样一笑置之，这就失去了影响世俗的机会。如果屈原不为那些小人的做法感到愤恨，不对楚怀王寄望过高，试想一下那会是什么结局？即便拿出自己的政治理念，楚怀王不接受也应该不必太在意，不必抱怨，然后探寻从底层做起的方法，那样的屈原又会是怎样的？

后　　记

　　本书是根据上海财经大学开设的公选课"文学经典导读"经录音整理而成的,一定程度上保留了一些现场感,以便阅读顺畅。

　　本书取名"穿越文化观念的文学经典",意在强调文学突破文化观念,传达作家独特的非观念或弱观念的个体化理解所生成的情节、故事、人物、意味和意境,引导读者突破从既定的儒家、道家和西方文化观念切入作品的文化性解读的鉴赏定势,从而努力在文学本体的意义上去把握古今中外有代表性的文学经典是何以成为可能的,是否定主义文艺学的实践之一。本书重点分析中国文学史中已有定论的古今文学经典,也涉及部分日本的文学经典,以便读者有一种参照性阅读。本书的鉴赏和分析尺度是从"文学穿越现实"的文学观念出发的,特别是从经典文学尊重生命、人性、个体的角度出发的,来看经典作家是如何理解世界的,从而给我们以"文学性启示"而不是观念教化,这就使得本书对中国文学经典的理解与学术界流行的评价和分析有一定的区别。

　　本书的另一个特点是将文学批评的理论与对文学经典的鉴赏相结合,所以在开篇放入了"文学穿越观念现实"的理论性内

后　记

容,意在引导读者在阅读中加强对"文学如何穿越现实"的方法之体会和理解。这样尝试的效果如何,当然有待于学界和读者的批评指正。

本书作为"独创性视角下的文学影视经典丛书"之一,有幸获得2017年上海文教结合"高校服务国家重大出版战略工程"的立项支持,在此深表感谢。感谢上海大学文化创意出版中心的支持。上海大学出版社编辑徐雁华为本书的出版花费了大量心血,在此一并致谢。

吴　炫

2017.11.3 于上海